TRYSOR PLASYWERNEN

TRYSOR PLASYWERNEN

T. LLEW JONES

Gomer

Argraffiad cyntaf – 1958
Argraffiad newydd – 2005
Seithfed argraffiad – 2006

ISBN 1 84323 599 4
ISBN-13 9781843235996

Ⓗ T. Llew Jones

Argraffwyd yng Nghymru gan
Wasg Gomer, Llandysul, Ceredigion SA44 4JL

Pennod 1

Llithrodd y trên yn araf i lawr y rhiw tua gorsaf Cwrcoed. Prynhawn o hydref oedd hi ac roedd y coed a'r caeau oddeutu'r rheilffordd wedi bwrw ymaith eu gwyrdd ac wedi gwisgo'u brown a'u porffor. Ar y trên, yn eistedd wrtho'i hunan, roedd bachgen tair ar ddeg oed. Edrychai allan drwy'r ffenestr a meddyliai am ei gartref a'i dad a'i fam ac am y cyfeillion a adawsai ar ôl. Meddyliai yn fwy na dim am y siarad a fu rhyngddo a'i dad cyn cychwyn ar ei daith.

'Wel, Hywel,' meddai ei dad, 'rwy'i am dy weld yn dod ymla'n yn y byd. Dyna pam rwy'n gadael iti fynd i'r ysgol newydd 'ma gerllaw Cwrcoed. Fel y dwedais i o'r blaen, mae prifathro Ysgol Plasywernen yn un o ysgolheigion penna'r byd. Rwy'n cofio amser pan na châi neb ond plant y cyfoethogion mwya'r siawns i ddysgu dano. Ond nawr mae'r Doctor wedi heneiddio tipyn, ac wedi mynd yn gyfoethog ei hunan. Dyna pam mae e wedi prynu Plasywernen a'i droi'n ysgol i ddeuddeg o blant. Cofia di, mae'n anrhydedd i ti gael mynd i Blasywernen. Mae'r Doctor wedi bod o amgylch ysgolion uwchradd Cymru i gyd yn chwilio am y bechgyn mwya galluog, ac ar ôl chwilio, dim ond dwsin oedd yn ddigon da i fynd, ac rwyt ti'n un ohonyn nhw, Hywel. A chofia, mae'r cyfan am ddim; llyfrau, bwyd, dillad a phopeth, ac rwy'n teimlo'n siŵr y byddi di'n hapus yno ac y doi di oddi yno yn ysgolhaig mawr. Felly, gwna dy orau, 'machgen i.'

Yna clap dda ar ei gefn, fel y byddai ei dad yn ei wneud bob amser wrth ei gymell i wneud rhywbeth oedd yn groes i'r graen ganddo.

A dyma fe, ar y diwrnod hwn ym mis Hydref, yn nesu at Gwrcoed a Phlasywernen lle'r oedd i astudio dan yr athro enwocaf ym Mhrydain Fawr. Roedd ambell fwthyn bach yn gwibio heibio i'r ffenestr erbyn hyn ac ymhen tipyn arafodd y trên a gwelodd Hywel ei fod wedi cyrraedd pen ei daith. Cydiodd yn ei fag a daeth allan i'r platfform. Edrychodd o'i amgylch, ond nid oedd fawr o neb wedi disgyn o'r trên. Ffermwr yn dychwelyd o'r farchnad, hen wraig a basged fawr ar ei braich, dyna'r cyfan. Na, nid dyna'r cyfan chwaith. Ym mhen isa'r trên dyma ddrws yn agor a dyma ddau fachgen, yn llusgo bagiau anferth ar eu holau, yn dod allan i'r platfform. Roedd un o'r bechgyn yn dal ac yn llydan ei ysgwyddau a'r llall yn dal ac yn denau ac yn gwisgo sbectol. Cydiodd y cryfaf o'r ddau yn ei fag ei hunan ac ym mag ei gyfaill, fel pe na bai ynddynt ddim ond plu, a daeth i fyny'r platfform dan wenu. Daeth ei gyfaill ar ei ôl gan fwmian rhywbeth dan ei anadl. Pan ddaeth i ymyl Hywel gwenodd o glust i glust ac meddai'n gyfeillgar,

'Un arall o fechgyn talentog Plasywernen? Un o'r deuddeg?'

'Ie,' meddai Hywel dan chwerthin, 'Hywel Ifans yw fy enw i; mae'n debyg eich bod chithau'n mynd i Blasywernen?'

'Ydw. Wiliam Cadwaladr Jones fydd fy enw ar gofrestr Doctor Puw mae'n debyg, ond Wil fydd pawb yn 'y ngalw i, a Phil Morgan yw enw'r cyfaill yma. Digwydd cwrdd ar y trên wnaethon ni.' Nodiodd Hywel a Phil Morgan ar ei gilydd, a rywfodd, er nad oedd eto wedi agor ei ben, teimlodd Hywel nad oedd yn mynd i hoffi'r bachgen main tywyll a'r sbectol. Roedd rhyw olwg gyfrwys ar ei wyneb.

'Mae car Plasywernen yn disgwyl y tu allan,' meddai llais yn eu hymyl a throdd y tri i weld un o swyddogion yr orsaf yn aros yno. Derbyniodd hwnnw eu tocynnau, yna cydiodd mewn dau fag, ac arweiniodd y tri tua'r bwlch. Aeth y tri bachgen ar ei ôl, Wil a Hywel yn cario bagiau a Phil Morgan yn dilyn yn waglaw.

Ar ôl mynd drwy'r porth, gwelsant hen gar mawr urddasol yn aros wrth ymyl y palmant, a *chauffeur* mewn cap pig-gloyw yn eistedd yn y sedd flaen. Pan welodd hwnnw'r bechgyn yn nesu, daeth allan o'r car, a heb estyn gair o groeso iddynt, cydiodd yn ddiseremoni yn y bagiau a'u clymu'n frysiog yn nhu ôl y car. Tra oedd yn clymu'r bagiau, safai'r bechgyn yn ei wylio. Sylwodd Hywel ei fod yn ddyn rhyfedd mewn llawer ffordd. Roedd yn ddyn cryf iawn yr olwg, er nad oedd yn dal o gwbl. Ef oedd y dyn lletaf ei ysgwyddau a welodd y bachgen erioed. Roedd yn wargam hefyd a'i ben yn pwyso ymlaen ar ei frest, a gwnâi hynny iddo edrych yn fygythiol rywfodd – fel paffiwr yn paratoi i daro. Ond y peth rhyfeddaf yn ei gylch oedd ei ddwylo a'i freichiau. Roedd ei freichiau'n cyrraedd hyd at ei benliniau ac roedd ei ddwylo fel dwy raw fawr. Penderfynodd Hywel nad dyn i chwarae ag e oedd *chauffeur* Plasywernen. Roedd yr olwg arno yn ddigon i godi ofn ar unrhyw un.

Gofynnodd Wil, 'Ydy Plasywernen ymhell o 'ma?'

Edrychodd y dyn arno'n hir cyn ateb, yna dywedodd mewn llais cras, trwchus,

'Na, dim ond milltir a hanner.'

Wedi clymu'r rhaff agorodd ddrws blaen y car, ac roedd ar fin gyrru ymaith pan sylweddolodd y bechgyn ei fod yn barod i fynd. Neidiodd y tri i mewn, Hywel a Wil yn y sêt ôl a Phil y tu blaen gyda'r *chauffeur*, a llithrodd y car ymaith ar y ffordd i Blasywernen. Bu distawrwydd am dipyn ac yna dywedodd Hywel yn sydyn ac yn uchel,

'Ma'n nhw'n dweud fod Plasywernen yn lle prydferth iawn.

'Ydy mae'n debyg,' atebodd Wil, 'ac yn hen iawn hefyd. Mae wedi bod yn eiddo i'r un teulu am ganrifoedd ond bu rhaid iddyn nhw ei werthu o'r diwedd am nad oedd ganddyn nhw ddigon o arian i gadw'r hen le; dyna be glywais i, beth bynnag.'

Trodd Phil Morgan ei ben yn sydyn ac meddai'n ffyrnig, 'Be wyddost ti am hanes y teulu?'

Synnodd Hywel a Wil weld golwg mor gas ar ei wyneb.

Agorodd Wil ei lygaid led y pen.

'Be sy'n dy bigo di, was?' gofynnodd. 'Wyt ti'n perthyn rhywbeth i'r hen lord?'

Cochodd Phil Morgan hyd fôn ei wallt. 'Paid â siarad mor ffôl,' meddai, 'roeddwn i'n meddwl fod disgyblion Doctor Puw yn fechgyn synhwyrol bob un.' Roedd ei lais yn fwy tawel erbyn hyn, fel pe bai'n edifar ganddo ei fod wedi siarad mor ffyrnig â Wil. Bu distawrwydd wedyn, a'r car yn mynd yn ei flaen yn llyfn. Edrychai Hywel ar gefn mawr y *chauffeur* o'i flaen, ac er ei syndod gwelodd yr ysgwyddau trymion yn ysgwyd yn ddireol. Methai â deall am funud beth oedd yn peri'r fath gyffro yn y corff mawr. Yna, mewn fflach, sylweddolodd ei fod yn chwerthin! Oedd, roedd y *chauffeur* yn chwerthin yn ddistaw wrtho'i hunan, yn chwerthin fel petai newydd glywed y stori ddoniolaf yn y byd. Teimlodd Hywel ias oer o gyffro yn asgwrn ei gefn – yn sicr roedd rhywbeth yn rhyfedd yn y dyn â'r cap pig-gloyw!

Cyn hir, trodd y car o'r ffordd fawr i mewn i lôn ddistaw â choed uchel ar bob ochr iddi. Roedd carped prydferth o ddail yr hydref ar y llawr, a chlywai Hywel sŵn crensian y dail sychion o dan yr olwynion. Ym mhen draw'r lôn, daeth yr hen blas i'r golwg, ac roedd yn brydferthach na dim a welodd Hywel erioed! Tyfai'r iorwg yn dew ar ei furiau hynafol, ac o'i amgylch roedd gerddi llydain a lawntiau gwastad. Arhosodd y car yn ymyl y drws mawr a daeth y *chauffeur* allan i dynnu'r bagiau'n rhydd o'r cefn. Ar ben y grisiau oedd yn arwain at y drws, safai dyn bychan trwsiadus yr olwg â barf fer, bigfain yn cuddio hanner ei wyneb. Chwifiai'i wallt gwyn trwchus yn y gwynt.

'Dewch i fyny, fechgyn,' meddai, 'bydd Ifan yn gofalu am y bagiau.' Aeth y bechgyn yn araf i fyny'r grisiau.

'Fi yw Doctor Puw – croeso i Ysgol Plasywernen. Mae'n debyg eich bod chi wedi blino. Dewch i mewn, dewch i mewn.' Ac arweiniodd hwy i mewn i'r plas. Wrth ddilyn y Doctor dros y trothwy digwyddodd Hywel edrych dros ei ysgwydd, ac er ei syndod gwelodd Phil Morgan yn estyn rhywbeth i Ifan y *chauffeur* a oedd newydd gyrraedd pen y grisiau a bag yn ei law. 'Tip,' meddyliodd Hywel, 'rhaid bod Phil Morgan yn fachgen cyfoethog i fedru rhoi cildwrn i'r *chauffeur* hefyd.'

Arweiniodd y Doctor hwy trwy neuadd lydan hardd – neuadd a oedd yn agoriad llygad i Hywel – i mewn i ystafell ar y chwith, trwy ddrws â Dr Edwart Puw wedi ei ysgrifennu arno.

'Dewch i mewn, fechgyn, i ni gael dod i adnabod ein gilydd.'

Yn yr ystafell roedd desg fawr dderw, ac eisteddodd y Doctor y tu ôl iddi a dechrau mynd trwy ryw bapurau oedd o'i flaen.

'Wiliam Cadwaladr Jones?' gofynnodd, gan edrych ar y tri dros ben ei sbectol.

'F-fi yw Wil – y – Wiliam Cadwaladr Jones, syr,' medddai Wil gan godi'i law uwch ei ben.

'A chi?'

'Fi yw Hywel Ifans, syr.'

'A?'

'Phil Morgan, syr.'

'Wel,' meddai'r athro, 'croeso eto i Blasywernen. Bore fory fe gawn ni ddechrau trefnu'n gwaith a chyn diwedd yr wythnos gobeithio y byddwn yn barod i ddechrau o ddifri. Ond nawr mae'n debyg eich bod wedi blino ac yn barod am bryd o fwyd. Fe fydd y Metron yn dangos eich stafelloedd i chi nawr, ac wedyn, pryd da o fwyd yn y gegin am saith o'r gloch. Chi'ch tri yw'r ola i gyrraedd – mae'r naw arall wedi cyrraedd gyda thrên y prynhawn. Roeddwn i wedi cael telegram oddi wrth eich tad yn dweud eich bod chithau'n cyrraedd gyda'r trên hwnnw hefyd, Phil . . ?'

'Fe gollais i'r trên, syr.'

'O wel, gwell hwyr na hwyrach ontefe . . .' a gwenodd y Doctor yn garedig arno.

Aeth y bechgyn allan i'r neuadd ac yno'r oedd gwraig dal brydferth a'i gwallt cyn wynned â'r carlwm, er nad oedd hi'n hen iawn chwaith.

'Fi yw Miss Jones, y Metron,' meddai gan wenu'n hyfryd iawn ar y tri. Cyflwynodd y bechgyn eu hunain iddi, yna aeth â hwy i fyny'r grisiau marmor i'r llofft. Aeth â hwy ar hyd coridor hir ac i mewn i ystafell wely a fu unwaith yn ystafell fawr iawn; ond nawr roedd wedi'i rhannu'n ddwy, a gallai'r bechgyn weld y pared newydd a oedd wedi'i godi ar draws ei chanol. Sylwasant hefyd fod drws yn y pared.

'Nawr,' meddai Miss Jones, 'mae'r stafell yma wedi'i rhannu'n ddwy fel y gwelwch. Bydd stafell un ohonoch chi'r ochr yma i'r pared. P'un ohonoch chi sy'n mynd i gysgu fan hyn?'

'Fe gysga i fan hyn, Miss,' meddai Wil Jones.

'O'r gore, a phwy sy'n mynd i'r stafell yr ochr draw i'r pared – dewch i ni gael ei gweld hi.'

Agorodd y drws yn y pared ac aeth i mewn, a'r bechgyn ar ei hôl. Wrth fynd drwy'r drws digwyddodd Hywel edrych ar Wil a gwelodd hwnnw'n rhoi winc fawr a gwên arno. Deallodd fod Wil am iddo ef dderbyn yr ystafell honno.

'Ga i hon, Miss?' gofynnodd.

'O'r gore,' meddai Miss Jones. 'A nawr 'te, Phil, fe fydd raid i chi gysgu yn y stafell nesa. Stafell ar ei phen ei hun yw honno – oes gwahaniaeth gyda chi?'

'Dim tamed, Miss,' meddai Phil yn siriol.

Aeth Phil Morgan i ffwrdd i'w ystafell ei hunan ar hyd

y coridor ac aeth Hywel a Wil ati i wneud eu hunain yn gartrefol yn y lle newydd. Ar ôl cael 'molchad fach yn y bathrwm a oedd ymhellach ymlaen ar hyd y coridor, aeth y ddau i lawr i'r neuadd i ddisgwyl am y pryd bwyd. Yn y neuadd gwelsant naw o fechgyn eraill yn disgwyl yr un peth. Cyn hir roedd y deuddeg wedi cael enwau'i gilydd, ac roedd tipyn o siarad am yr ysgol ac am y dyfodol. Yna, ymhen tipyn canodd y gloch ginio uwch eu pennau, 'Ding, Dong, Ding, Dong' mor bersain â chloch eglwys yn y pellter ar hwyr o haf.

Bwytasant bryd blasus a gwenai'r Doctor, a oedd yn eistedd wrth fwrdd bychan gyda'r Metron yn yr un ystafell, wrth weld cymaint o awydd bwyd ar y deuddeg bachgen. Roedd dwy weinyddes yn gofalu fod pawb yn cael ei wala, ac ar ôl swper cafodd y plant araith fer gan y Doctor. Dywedodd wrthynt y byddai'r goleuadau yn mynd allan am ddeg o'r gloch ac y disgwylid i bawb fod yn ei wely erbyn yr amser hwnnw. Yna aeth pawb i'w ystafell ei hunan i baratoi ar gyfer ei noson gyntaf ym Mhlasywernen.

* * *

Roedd Plasywernen wedi distewi, y plant yn cysgu a'r golau wedi mynd allan ers awr a mwy. Ond nid oedd Hywel yn cysgu. Daliai i droi a throsi ar ei wely esmwyth ac ni allai gysgu o gwbl er ei fod wedi llwyr flino. Meddyliai am ddigwyddiadau'r dydd, am Wil Jones oedd yn chwyrnu'n braf yr ochr arall i'r pared, am Phil Morgan, ac am y *chauffeur* sarrug. Ond ymhen hir a hwyr aeth i gysgu yn sŵn y gwynt yn y coed pîn y tu allan . . .

Dihunodd Hywel fel petai rhywun wedi rhoi llaw ar ei ysgwydd. Roedd yn gwbl effro mewn eiliad. Popeth fel y bedd. Roedd hyd yn oed chwyrnu Wil Jones wedi distewi. Llifai golau'r lleuad i mewn i'r ystafell.

'Y lleuad fedi,' meddai Hywel wrtho'i hun, a meddyliodd y carai gael golwg arni. Cododd o'i wely'n ddistaw ac aeth at y ffenestr. Roedd byd arian hardd y tu allan a hithau'n olau fel dydd. Rhoddodd calon Hywel naid i dwll ei wddf pan welodd, ar y lawnt o flaen y plas, ddau ddyn yn sefyll yn berffaith lonydd yng ngolau'r lleuad. Meddyliodd am funud fod ei lygaid yn chwarae triciau ag e, meddyliodd wedyn mai dau gerflun oeddynt – gwyddai fod lawntiau ambell hen blas yn llawn o gerfluniau. Ond na, yn sydyn, cododd un ohonynt ei fraich a phwyntio i gyfeiriad Hywel neu o leiaf felly y meddyliodd y bachgen. Curai'r gwaed yn ei wythiennau a chamodd yn ôl ychydig o'r ffenestr. Yna gwahanodd y ddau, aeth un yn ôl i'r cysgodion ym mhen draw'r lawnt ac aeth y llall o'r golwg heibio i dalcen y plas. Ond cyn iddo fynd o'r golwg roedd Hywel wedi adnabod yr ysgwyddau llydain a'r breichiau hirion yn hongian hyd at y penliniau. Ifan y *chauffeur* oedd e!

Aeth Hywel yn ôl yn grynedig i'w wely a chyn ei fod o dan y dillad yn iawn, clywodd y cloc mawr ar y llawr yn taro. Un – dau. Dau o'r gloch!

Pennod 2

Bore trannoeth ar ôl brecwast, galwyd y bechgyn ynghyd i lyfrgell fawr Plasywernen. Yno roedd deuddeg desg newydd, ac yno, yn brydlon am hanner awr wedi naw y daeth y Doctor i siarad â hwy.

'Byddwn yn gwneud y rhan fwya o'n gwersi yn yr ystafell hon,' meddai. 'Fe welwch fod yma lyfrau o bob math ac mae'r cyfan i chi i'w darllen. Nawr bore 'ma, fe garwn i roi ychydig o hanes yr hen blas enwog 'ma i chi. Pe medrai muriau Plasywernen siarad, mae'n debyg y byddai ganddyn nhw stori ryfedd i'w hadrodd; ond gan na all muriau siarad rhaid i mi geisio rhoi ychydig o'r hanes i chi. Y Llwydiaid oedd yn arfer byw yma hyd yn ddiweddar iawn – yn wir, aelod o'r teulu hwnnw oedd yma pan brynais i'r lle ychydig amser yn ôl. Roedd Llwydiaid Plasywernen yn deulu cryf iawn yn amser Siarl y Cynta, ac fel y rhan fwya o Gymry yn yr amser hwnnw, yn gadarn dros y brenin pan ddaeth y Rhyfel Cartre, wedi i'r senedd o dan arweiniad Cromwel, godi yn erbyn y brenin. Fel y cofiwch chi, aeth pethau'n ddrwg ar ddilynwyr Siarl cyn y diwedd, a dywed hanes fod rhai o filwyr Cromwel wedi ymosod ar Blasywernen. Dywedir bod yr hen Syr Gwallter Llwyd a'i weision wedi ymladd yn ffyrnig yn eu herbyn am ddyddiau, ond o'r diwedd aeth milwyr Cromwel yn rhy gryf iddyn nhw a bu rhaid i Syr Gwallter roi'r gorau iddi. Ond cyn gwneud hynny llwyddodd i ddanfon ei wraig a'i blant a'i filwyr o Blasywernen dan gysgod nos. Yn ôl yr hanes aethant i guddio i'r ogofeydd a'r corsydd a'r coedwigoedd o gwmpas, a phan ddaeth y bore, gwelodd y milwyr fod porth Plasywernen yn agored. Aethant i mewn yn ofalus, ond doedd neb yno, ond yr hen Syr Gwallter ac un o'i weision hynaf. Cymerwyd y ddau i'r ddalfa, a chludwyd hwy i garchar Caer, ac yno, cyn pen y mis, y torrwyd pennau'r ddau ar orchymyn Cromwel. Yn rhyfedd, ni chafwyd yn y plas ddim o gyfoeth y teulu, er y gwyddai hyd yn oed y milwyr fod yr hen Syr Gwallter yn gyfoethog iawn. Chwiliwyd pob twll a chornel, ond yn ofer. Tybiai rhai ar y pryd fod y wraig a'r plant a'r gweision wedi mynd ag e gyda nhw wrth ddianc. Ond pan ddaeth y Llwydiaid yn ôl i Blasywernen, fel y gwnaethon nhw pan fu farw Cromwel, yr oedden nhw mor dlawd â llygod eglwys, ac mae'n debyg fod pob un o'r teulu byth er hynny wedi bod yn chwilio am aur yr hen Syr Gwallter. Ond ddaeth y trysor byth i glawr, a nawr mae'r Llwydiaid wedi mynd o Blasywernen, ac o hyn allan gwaith y rhai sy'n byw yma fydd chwilio am wybodaeth ac nid am aur ac arian.'

Gwenodd y Doctor ar ei ddisgyblion. 'Felly fe welwch,' meddai, 'fod yr hen blas 'ma wedi gweld tywydd stormus; ond rwy'n gobeithio y gall edrych ymlaen yn awr at ddyddiau tawelach a mwy heddychlon.'

Soniodd y Doctor ragor am hanes Plasywernen, ond doedd dim ohono mor ddiddorol â hanes yr hen Syr Gwallter. Cyn hanner dydd roedd pob un o'r bechgyn yn meddwl y byd o'r Doctor ac am ei ffordd o siarad a dysgu.

Ar ôl cinio aeth â hwy i edrych o amgylch y plas, ac

os oedd yn lle hardd y tu mewn roedd yn harddach fyth y tu allan. Roedd yno lawnt chwarae tennis, cae pêl-droed, cae criced, yn wir popeth oedd wrth fodd y bechgyn.

Ond er bod popeth mor ddymunol, ni allai Hywel lai na theimlo'n anesmwyth wrth gofio am y noson gynt a'r ddau gysgod du ar y lawnt am ddau o'r gloch y bore. Ceisiai feddwl am esboniad digon syml i'r peth, ond ni allai. Ar ôl te aeth Wil ac yntau i ysgrifennu llythyr brysiog i'w rhieni, ac ar ôl gorffen gofynnodd Wil,

'Ddoi di allan am dro bach, Hywel? Fydd hi ddim yn nos am dipyn eto ac mae hi'n brynhawn braf.'

Ac i ffwrdd a'r ddau allan o'r plas a thrwy'r lonydd bach cul o amgylch y lle. Wedi cerdded am dipyn, safodd y ddau i edrych yn ôl ar Blasywernen. Safai yno yng nghanol y coed bytholwyrdd a golwg hen ac urddasol iawn arno. Cofiodd Hywel yn sydyn am yr hyn roedd e wedi'i weld y noson gynt a dywedodd y cwbl wrth ei gyfaill.

'Whiw! Wyt ti'n siŵr nad breuddwydio roeddet ti? Dau o'r gloch! Roedd Mam yn arfer dweud fod dynion gonest yn eu gwelyau i gyd cyn hanner nos, felly rhaid mai dynion anonest oedd y rhai welaist ti. A ddylet ti ddweud wrth yr hen foi, tybed?'

'Wn i ddim,' meddai Hywel, 'falle nad oedd dim yn y peth. Charwn i ddim cael pryd o dafod gan y Doctor am fod yn rhy fusneslyd.'

'Myn brain i! Rown i'n meddwl gynnau fach mai lle da i fagu bwganod oedd yr hen le 'ma, a dyma ti'n dechrau'u gweld nhw'r noson gynta! Na hidia, Hywel bach, rho ysgydwad i mi os gweli di rywbeth tebyg heno. A gwell i ni droi'n ôl hefyd, mae'n dechrau nosi'n barod.'

Cerddodd y ddau'n ôl yn araf, a phan oedden nhw'n

16

pasio'r garej (hen stablau gynt) gwelsant Ifan, y *chauffeur*, a Phil Morgan yn siarad yn eiddgar â'i gilydd wrth dalcen y mur. Nid oedd yr un o'r ddau wedi gweld Wil a Hywel, a phan ddaeth y rheini'n ddigon agos clywsant Ifan yn dweud,

'Dyna oedd neges eich tad, syr.'

'Ond . . .' Dechreuodd Phil ei ateb, ond cyn gwneud gwelodd y ddau fachgen yn nesu ac ni ddywedodd air ymhellach. Trodd ar ei sawdl a cherdded i mewn i'r plas. Ciliodd Ifan yr un pryd i mewn i'r garej.

'Dyna i ti geit o grwt, os gwelais i un erioed,' meddai Wil yn ddig. 'Wn i yn y byd pwy mae e'n feddwl yw e. Ond mae e'n rhy dda i gymysgu â dy sort di a fi, sbo. Mae'n debyg fod Ifan ac ynte'n dod ymla'n yn iawn. Chlywais i ddim o'r gorila 'na'n dweud "syr" wrth neb arall yma, ddim hyd yn oed wrth y Doctor.'

'Falle y byddai Ifan yn fodlon galw "syr" arnat tithe hefyd, Wil, pe bait ti'n rhoi ambell gildwrn iddo.' A dywedodd Hywel wrth ei gyfaill beth a welodd ar ben grisiau Plasywernen y noson gynt.

* * *

Y noson honno, yn hollol groes i'w ddisgwyliadau, roedd Hywel yn cysgu cyn gynted ag y rhoddodd ei ben ar y gobennydd, a breuddwydiodd ei fod ar gefn ceffyl, yn carlamu trwy gorsydd a fforestydd, a llu o filwyr Cromwel ar ei ôl. Roedd yn carlamu i rybuddio Syr Gwallter, Plasywernen fod gelynion yn dod i'w ladd! Rhedai ei geffyl yn dda, ond roedd y milwyr yn ennill arno. Dros ffos a chlawdd ac afon y rhedai'r ceffyl druan, a Hywel yn dal fel gelen wrth y cyfrwy. Daethant o'r diwedd i olwg yr hen blas – a'r eiliad honno, dihunodd! Roedd chwys oer ar ei dalcen, ac am dipyn methai'n lan â deall ym mhle'r oedd e. Gwelai ddarn sgwâr o lwydni lle'r oedd y ffenestr, ac yna pan oedd e'n gwbl effro, sylweddolodd ei fod yn ei wely ym Mhlasywernen wedi'r cyfan! Gwenodd wrtho'i hunan yn y tywyllwch wrth feddwl am ei freuddwyd ffôl. Sylwodd nad oedd y lleuad fedi'n goleuo drwy'r ffenestr fel y noson gynt.

'Rhaid ei bod hi'n gymylog y tu allan,' meddai'n gysglyd. Roedd ar fin troi'n ôl i gysgu pan glywodd sŵn! Rhyw sŵn rhwbio ydoedd – gallai fod yn sŵn cangen yn rhwbio yn erbyn y to – ond doedd hi ddim yn noson wyntog. Clywodd y sŵn wedyn, yn uwch y tro hwn, a gwyddai nad oedd ymhell i ffwrdd. Yn wir, roedd yn llawer rhy agos wrth fodd Hywel! Yna clywodd sŵn arall, sŵn clir nawr, 'tap, tap, tap, tap, tap'.

Cododd o'i wely ac aeth yn ddistaw bach trwy'r drws yn y pared i mewn i ystafell Wil. Roedd hwnnw'n cysgu'n drwm. Rhoddodd Hywel ei law yn ysgafn ar ei ysgwydd gan weddïo yr un pryd na ddeffroai'n wyllt a gweiddi rhywbeth ffôl.

'Wil, Wil, deffra,' sibrydodd yn ei glust. Arhosodd am ennyd, 'Hywel sy 'ma, Wil,' meddai'n ddistaw wedyn, ac o'r diwedd rhoddodd Wil dro yn ei wely.

'Be sy, wyt ti wedi gweld bwgan arall?' meddai llais Wil o dan y dillad.

'Gwranda, Wil.' Gwrandawodd y ddau am ennyd a chlywsant 'tap, tap, tap' eto, a gwyddent ar unwaith ei fod yn dod o gyfeiriad ystafell Phil Morgan. Yna 'clic'! Sŵn ffenestr yn agor! Aeth y ddau fachgen ar flaenau'u traed yn ôl i ystafell Hywel, oedd nesaf at un Phil Morgan. Roedd hi'n dywyll iawn a doedd dim gobaith am olau trydan gan fod hwnnw wedi'i ddiffodd ar y llawr, gan y Doctor neu'r Metron. Gwrandawodd y ddau yn y tywyllwch a chlywsant sibrwd isel yn dod o'r ystafell nesaf atynt. Yna clywsant sŵn drws yn agor a sŵn traed yn mynd heibio'n ddistaw ar hyd y coridor. Bu distawrwydd wedyn am dipyn ond pan oedd Hywel ar fin dweud rhywbeth dan ei anadl wrth Wil, daeth sŵn o rywle ym mherfeddion yr hen dŷ. 'Tap, tap, tap, tap – tap, tap, tap, tap'.

Cydiodd Wil ym mraich ei gyfaill,

'Aros di fan yma, Hywel, rwy'n mynd i weld be sy'n bod.'

Cyn i Hywel gael amser i'w ateb roedd wedi mynd yn ôl i'w ystafell ei hunan ac am y drws oedd yn arwain i'r coridor. Penderfynodd Hywel fynd ar ei ôl er bod ei galon yn curo fel morthwyl. Wrth fynd heibio i'r bwrdd bach oedd wrth ymyl ei wely cydiodd yn ei lamp fach a gwasgodd y botwm. Ni fu'n falchach erioed o weld pelydryn o oleuni. Aeth allan i ystafell Wil a gwelodd hwnnw'n aros yn y drws yn gwrando. Clywsant y sŵn wedyn 'tap, tap, tap, – tap, tap, tap'.

Estynnodd Wil ei law am y lamp a rhoddodd Hywel hi iddo heb ddweud yr un gair. Wedi cael golau aeth Wil yn wrol ond yn ddistaw ar hyd y coridor tua phen y grisiau, ac aeth Hywel ar ei ôl. Fflachiai Wil ei olau i bob cornel tywyll ond ni ddaeth dim i'r golwg. Roedd y sŵn wedi distewi erbyn hyn. Pan ddaeth i ben y grisiau trodd Wil i edrych yn ôl ar Hywel i weld a oedd hwnnw'n dilyn; a'r eiliad nesaf dechreuodd pethau rhyfedd ac ofnadwy ddigwydd! Ar amrantiad trawyd y golau o law Wil a hyrddiwyd ef fel pe bai'n ddoli glwt, yn erbyn y mur. Yna rhuthrodd cysgod du fel corwynt heibio i Hywel, gan ei wthio o'r neilltu yn drwstan; a chyn i'r ddau gael eu synhwyrau at ei gilydd clywsant ddrws yn cau yn rhywle, yna distawrwydd llethol! Roedd golau'r lamp fach wedi mynd allan pan gwympodd ond rywfodd neu'i gilydd llwyddodd Wil i ddod o hyd iddi ar y llawr, a phan wasgodd y botwm synnodd ei bod yn gweithio o hyd. Yn ei golau gwelodd nad oedd neb yn y coridor ond Hywel ac yntau; roedd pwy bynnag oedd wedi bod ar y grisiau wedi llwyr ddiflannu.

'Wyt ti'n iawn, Hywel?' gofynnodd Wil.

'Ydw – rwy'n meddwl ta beth. Beth oedd 'na, dwed?'

'Paid â gofyn i fi, ond pwy bynnag oedd e, mae e wedi mynd nawr. Gest ti olwg ar 'i wyneb e?'

'Naddo fi, roedd y golau wedi mynd allan cyn i fi gael amser i weld dim.'

'Gallwn dyngu mai i mewn i stafell Phil Morgan y diflannodd e,' meddai Wil yn feddylgar, 'gad i ni gael gweld.'

'Wyt ti ddim yn meddwl mai mynd yn ôl i'n gwelyau fyddai orau?' ebe Hywel.

Ond roedd Wil yn benderfynol. 'Na, rwy'n mynd i gael un golwg ar y gwalch 'na cyn mynd i'r gwely.'

Aeth y ddau'n ddistaw yn ôl ar hyd y coridor. Agorodd Wil ddrws ystafell Phil yn ddistaw bach a fflachiodd ei olau i mewn. Roedd popeth yn drefnus yno a Phil yn ei wely yn chwyrnu'n braf.

* * *

'Mae rhywbeth yn mynd ymlaen yma na alla i mo'i ddeall,' meddai Wil Jones. Roedd y ddau'n ôl yn ystafell Hywel yn eistedd ar erchwyn y gwely.

'Wyt ti ddim yn meddwl y byddai'n well i ni ddweud wrth y Doctor bore fory?' gofynnodd Hywel.

'Rwy'n gêm,' meddai Wil, 'gwell i ni roi gwybod iddo fe rhag ofn fod rhywbeth mawr o le yma.' Bu distawrwydd am dipyn.

'Beth wyt ti'n feddwl all fod o le, Wil?'

'Wn i ddim, bachan, ond rwy'n credu'n gryf fod 'na ryw gysylltiad rhwng y ddau ddyn 'na welaist ti ar y lawnt am ddau o'r gloch y bore, a'r hyn a ddigwyddodd heno. Wyt ti'n cofio i ti ddweud fod un o'r ddau wedi pwyntio atat ti? Wyt ti ddim yn meddwl mai at stafell Phil roedd e'n pwyntio?'

'Wel – wedi i ti ddweud – falle taw e,' meddai Hywel yn syn, 'ond beth sy gyda hynny i wneud â . . ?'

'Paid hidio, was, dim ond syniad a ddaeth i 'mhen i,' meddai Wil ar ei draws. 'Wel, Hywel, gwell i ni geisio cael tipyn o gwsg neu fe fydd siâp pert arnon ni fory.'

Aeth Wil yn ddistaw i'w ystafell ei hunan ac aeth Hywel i'w wely, a disgynnodd distawrwydd trwm dros Blasywernen unwaith eto.

Pennod 3

Bore trannoeth aeth y ddau i stydi Dr Puw. Cnociodd Wil ar y drws a chlywsant lais o'r tu mewn yn dweud, 'Dewch i mewn.'

Aeth y ddau i mewn, ac er eu syndod, pwy oedd yno yn aros o flaen desg y Doctor ond Phil Morgan.

Edrychodd Dr Puw arnynt a sylwodd y ddau fachgen nad oedd y wên arferol ar ei wyneb wrth eu cyfarch.

'Roeddwn i ar fin gyrru amdanoch chi'ch dau,' meddai. 'Mae Phil wedi bod yn achwyn wrthyf amdanoch chi. Fyddwch chi mor garedig â dweud eich stori wrthyf unwaith eto, Phil?'

'Wel, syr, neithiwr yn y nos, roeddwn i'n methu cysgu. Roeddwn i'n ei theimlo hi'n dwym iawn yn y gwely, a chodais i agor y ffenest. Wedyn, gan fy mod i'n teimlo'n sychedig, penderfynais fynd i lawr i'r gegin i mofyn cwpanaid o ddŵr. Pan oeddwn i'n dod yn ôl i fyny'r grisiau gwelais gysgod du ar y landin, ac yna fflach o olau, a chlywais rywun yn dweud mewn llais dychrynllyd, "Fi yw Syr Gwallter Llwyd".

'Cefais fraw ofnadwy, syr, a rhuthrais heibio iddo fe. Wrth redeg trewais yn erbyn rhywun arall yn y coridor, ond rywfodd neu'i gilydd llwyddais i gyrraedd fy stafell. Cyn i mi gau'r drws clywais lais yn gofyn, 'Ddaliest ti e, Hywel?' Roeddwn i'n nabod y llais – llais Wiliam Jones! Fe fues i'n methu cysgu am oriau ar ôl cael y fath ofn, ac ar ôl cysgu fe fues i'n breuddwydio pethau dychrynllyd.'

Roedd cryndod yn llais Phil wrth ddod i ddiwedd ei stori, ac roedd golwg mor drist arno fel y disgwyliai'r ddau fachgen ei weld yn torri i wylo unrhyw funud.

'Nawr,' meddai Doctor Puw, ac roedd golwg sarrug iawn arno, 'mae'n amlwg i mi eich bod chi'ch dau wedi gweld neu glywed y bachgen yma'n mynd i lawr i'r gegin i mofyn dŵr, ac wedi penderfynu chwarae tric ag e. Efalle mai er mwyn tipyn o sbort y gwnaethoch chi hynny, ond rhaid i mi ddweud mai sbort go wael yw ceisio hala ofn ar neb yn nyfnder nos. Dyma rybudd i chi. Dwy'i ddim am ddechrau cosbi neb yn yr ysgol 'ma os galla i beidio, ond os delir un ohonoch chi'ch dau yn chwarae campau tebyg eto – coeliwch chi fi – bydd yn edifar gennych.'

'Ond syr . . .' dechrenodd Wil.

'Does dim *ond* i fod, Wiliam Jones! A nawr – ffwrdd â chi rhag ofn i mi newid fy meddwl a dechrau cosbi'r funud yma.

Aeth y tri bachgen allan o'r stydi. Pan gaeodd y drws ar eu hôl, trodd Wil at Phil Morgan ac meddai'n fygythiol,

'Wn i ddim beth yw dy gêm di, was, ond rwyt ti'n hen celwyddgi, ac mae chwant arna i roi un ym môn dy glust di, i dy ddysgu di i ddweud y gwir.'

Roedd llygaid bach Phil yn llawn malais.

'Os cyffyrddi di â fi, mi a' i'n ôl ar unwaith at y Doctor i ddweud wrtho fe.'

Gwyddai Wil y byddai cystal â'i air, ac ni chymerai'r byd am fynd o flaen y Doctor eto mor fuan.

'Fe gawn ni gwrdd 'to, Phil Morgan, ac fe gei di lyncu'r celwydd na ddwedaist ti'r bore 'ma.'

23

'Hy,' meddai Phil rhwng ei ddannedd, 'peth hawdd iawn yw bygwth un sy'n llai na thi, Wil Jones, ond cofia, mae gen i gyfeillion yma a all dy roi di yn ddigon isel, machgen i.'

Pan oedd Hywel a Wil ar eu pennau eu hunain unwaith eto, meddai Wil a syndod yn ei lais,

'Glywaist ti 'rioed y fath gelwydd â'r stori 'na ddwedodd Phil Morgan wrth y Doctor? Mae'n amlwg i fi nawr fod rhyw ddirgelwch mawr ynglŷn â'r busnes yma, ac rwy'n mynd i gadw 'nghlustiau a'n llygaid ar agor i geisio mynd at wraidd y peth.'

'Wyt ti'n siŵr nad oedd e'n dweud y gwir wedi'r cyfan?' gofynnodd Hywel mewn penbleth. 'Wyt ti ddim yn meddwl mai mynd i mofyn dŵr o'r gegin oedd e wedi'r cwbwl? Falle mai ni oedd yn dychmygu pethau. Fe ddwedodd ei fod wedi agor y ffenest am ei bod hi'n dwym – dyna egluro'r sŵn glywson ni, a . . .'

'Gwranda, Hywel,' meddai Wil ar ei draws, gan ostwng ei lais, 'nid Phil Morgan oedd hwnna ar ben y stâr neithiwr!'

'Wyt ti'n siŵr o hynny, Wil?'

'Yn berffaith siŵr – gwranda – pe bai Phil Morgan wedi teimlo syched yn y nos, a fase fe wedi ffwdanu gwisgo'i ddillad i fynd i lawr i'r gegin i mofyn dŵr?'

'Wel, na-a-a-,' mwmianodd Hywel.

'Wel 'te, cyn i fi gael yr hergwd 'na mor sydyn neithiwr, rown i wedi rhoi fy llaw allan ac wedi cyffwrdd â phwy bynnag oedd ar ben y grisiau, ac roedd cot o frethyn garw amdano. Na, nid Phil oedd ar ben y stâr, byddai Phil yn ei byjamas. Rhywun arall oedd ar ben y stâr a – dyna be sy'n rhyfedd – roedd e wedi dod i mewn i'r tŷ 'ma trwy ffenest Phil Morgan, gyda chaniatâd Phil mae'n debyg. Wyt ti'n cofio'r sibrwd isel a glywson ni?'

'Wel, myn brain i, mae'r peth yn anesboniadwy,' meddai Hywel.

Yna, canodd y gloch i alw'r bechgyn at eu gwersi.

Buont mor brysur wrth eu gwaith drwy'r dydd fel na chawsant gyfle i siarad â'i gilydd am y pethau rhyfedd oedd wedi digwydd y noson gynt, nes daeth amser te. Ar ôl te aeth y ddau gyfaill i fyny'r grisiau i ystafell Wil.

'Dwed wrtho' i, Hywel,' meddai, cyn gynted ag roedden nhw wedi eistedd i lawr, 'wyt ti'n cofio i ba gyfeiriad yr aeth y dyn 'na oedd ar y lawnt gydag Ifan y noson o'r blaen?'

'Wel, alla i ddim dweud yn iawn,' atebodd Hywel, gan grafu'i ben. 'Roedd hi'n dywyll dan y coed ym mhen draw'r lawnt, ond os doi di i'r ffenest fe geisia i ddangos i ti.'

Aeth y ddau i'r ffenestr.

'Weli di'r llwyn trwchus 'co?' Pwyntiodd Hywel at lwyn lelog ym mhen draw'r lawnt. 'Rwy'n meddwl mai yn y fan yna'n rhywle yr aeth e o'r golwg.'

Bu distawrwydd am funud. Yna rhoddodd Wil ei law ar ysgwydd Hywel. 'Gad i ni fynd i weld a oes 'na lwybr yn arwain i rywle yn y fan'co. Neu falle y gwelwn ni ôl traed dyn neu rywbeth.'

'Beth am y traethawd 'na sydd gyda ni i'w sgrifennu erbyn bore fory?'

Ond roedd Wil yn ddiamynedd: 'O, fedra i ddim sgrifennu'r un gair nes bydda i wedi gweld beth sydd y tu ôl i'r llwyn 'co! Dere 'mla'n!'

Gwenodd Hywel wrth weld brwdfrydedd Wil, ac aeth gydag ef heb ddadlau rhagor.

Cerddodd y ddau yn ara' bach, â'u dwylo yn eu pocedi, ar draws y lawnt, gan esgus eu bod yn mynd am dro bach yn hollol ddidaro. Daethant at y llwyn lelog, ac yno gwelsant fwlch bychan yn y clawdd trwchus – bwlch a oedd yn ddigon mawr i adael dyn drwodd yn hawdd. Aeth y ddau drwy'r bwlch, a chawsant eu hunain mewn gallt fach o goed pîn. Roeddynt yn awr o olwg y plas, ac ni allai neb eu gweld drwy'r clawdd trwchus. Plygodd Wil i edrych yn graff ar y llawr. Roedd yno ôl traed! Yn wir roedd yno ormod o lawer o ôl traed wrth ei fodd. Hawdd gwybod fod tipyn o gerdded wedi bod yn ddiweddar trwy'r bwlch bach yn y clawdd. Sylwodd Hywel fod yno ryw fath o lwybr yn mynd yn igam-ogam drwy'r coed, ac aeth ymlaen ar hyd-ddo gan gadw'i lygaid ar y ddaear. Ar ôl mynd rhyw ddeugain llath, daeth at goeden a oedd ychydig yn fwy na'r lleill, ac wrth fan honno gwelodd ddarn o rywbeth gwyn ar y ddaear. Plygodd i'w godi. Nid oedd ond stwmpyn sigarét, ac roedd ar fin ei daflu i'r llawr pan alwodd Wil arno,

'Hei! Dere 'ma, rwy' i wedi cael hyd i rywbeth!'

Rhoddodd Hywel y stwmpyn yn ei boced yn ddifeddwl, ac aeth yn ei ôl.

'Dyma rywbeth beth bynnag,' meddai Wil, gan arddangos botwm melyn mawr. 'Roedd hwn ar y llawr yn y bwlch fan hyn; mae'n amlwg fod cot rhywun oedd yn gwthio trwy'r clawdd 'ma wedi cydio yn y drain, ac fe ddaeth y botwm i ffwrdd gan y straen. Fe all hwn ddod yn handi i ni, Hywel boi.'

Methai Hywel â gweld sut roedd hen fotwm melyn yn

mynd i fod o help iddynt, ond ni ddywedodd un gair wrth Wil.

Yn sydyn, clywodd y ddau sŵn traed yn nesu o gyfeiriad y lawnt. Cododd Wil Jones ei ben, ond dim ond am eiliad. Yr eiliad nesaf sibrydodd yn wyllt: 'I lawr, Hywel! Cuddia! Ar unwaith!'

Aeth y ddau mor ddistaw ac mor gyflym ag y gallent i lawr gyda'r clawdd oddi wrth y sŵn traed, a gorwedd y tu ôl i dipyn o ddrysni trwchus. Ni wnaethant hynny eiliad cyn pryd, oherwydd y foment nesaf cerddodd Ifan y *chauffeur* i mewn i'r allt ac aeth ymlaen ar hyd y llwybr, gan daflu llygad dros ei ysgwydd i gyfeiriad y Plas. Cododd y ddau gyfaill i fyny'n ddistaw bach.

'Gad i ni 'i ddilyn e,' meddai Wil.

Roedd Ifan erbyn hyn wedi cerdded ymhell, ac aeth y ddau fachgen ar ei ôl o goeden i goeden, gan ofalu cadw o'i olwg. Cyn hir daeth Ifan i ben draw'r coed, ac yno'r oedd llidiart. Gwelodd y bechgyn ef yn agor y llidiart yn ofalus ac yna'n mynd ymlaen ar hyd lôn fach gul, rhwng gwrychoedd uchel. Nid oedd cyn hawsed i'w ddilyn nawr oherwydd nad oedd gan Wil a Hywel ddim i'w cuddio, dim ond ambell dro yn y ffordd. Ond daliasant ati, gan gadw'n glos i'r clawdd, a gadael i Ifan fynd o'r golwg heibio i'r tro, bob cynnig, cyn mentro ar ei ôl. Unwaith pan ddaeth Hywel heibio i dro yn y lôn, meddyliodd fod Ifan wedi'i weld, oherwydd cyn gynted ag y rhoddodd ei ben yn y golwg gwelodd Ifan yn sefyll fan draw, gan edrych yn ôl. Tynnodd Hywel ei ben o'r golwg ar unwaith, ond pan fentrodd edrych yr eilwaith, roedd Ifan wedi mynd heibio i'r tro, ac nid oedd enaid byw i'w weld o'u blaenau. Aethant ymlaen wedyn, ond wedi iddynt gyrraedd y tro nesaf gwelsant, er mawr syndod iddynt, fod Ifan wedi diflannu fel petai'r ddaear wedi'i lyncu. Edrychodd y ddau ar ei gilydd, ond aethant ymlaen heb ddweud yr un gair. Cyn hir sylwodd Hywel ar lwybr bach yn arwain i'r chwith o'r lôn. Tynnodd sylw Wil at y llwybr a nodiodd hwnnw'i ben a phlygu i lawr i edrych yn y llaid am ôl traed. Roedd yno ôl ffres – ôl troed fawr, lydan yn glir i bawb i'w gweld.

'Seis twelf yr hen Ifan!' meddai Wil dan ei anadl. Dilynodd y ddau'r ôl yn araf bach. Roedd rhaid bod yn ofalus nawr; gwyddai'r ddau na thalai hi ddim i frysio na chadw smic o sŵn. Cyn pen fawr o amser arweiniodd y llwybr bach hwy at hen dŷ llwyd yr olwg. Safai o'u blaen, â'i ffenestri'n dywyll a'i simneiau'n ddi-fwg. Edrychai'n ddiraen iawn, a'r plastr wedi syrthio oddi ar ei furiau, a'r chwyn a'r mwsogl yn tyfu o gylch ei drothwy. Roedd ei glos yn las gan borfa, ac nid oedd na chath na chi, nac unrhyw greadur arall i'w weld yn agos i'r lle. Tyfai hen goed deri mawr o'i amgylch, a chwythai gwynt yr hydref y dail crin o'r coed i ben to'r hen dŷ.

Ond ble'r oedd Ifan y *chauffeur*? Aeth y ddau fachgen ymlaen yn ddistaw at y drws, ond doedd yr un ohonyn nhw am guro arno. Teimlent mai peth ffôl fyddai curo ar ddrws hen dŷ mor ddistaw. Arhosodd y ddau ar y trothwy a gwrando. Roedd popeth fel y bedd. Cwynai'r gwynt yn isel yn y coed uwchben – dyna i gyd. Na, nid dyna i gyd chwaith! Yr eiliad nesaf roedd y ddau'n edrych ar ei gilydd â'u llygaid fel soseri!

'Glywaist ti, Wil?' gofynnodd Hywel yn wyllt. Nodiodd Wil ei ben. Yr hyn a glywsant oedd sŵn cwyno isel o berfeddion yr hen dŷ. Yna distawrwydd wedyn.

Plygodd y ddau fachgen eu pennau at dwll y clo a gwrando'n astud, ond ni chlywsant ddim ond sŵn eu calonnau eu hunain yn curo. Yn sydyn clywsant sŵn troed o'r tu ôl iddynt.

Ymsythodd y ddau ar unwaith, ond cyn iddynt gael cyfle i droi'u pennau, roedd llaw fawr drom wedi disgyn ar war y ddau ohonyn nhw ac yn eu dal fel pe baent mewn feis. Yna edrychodd y ddau i fyny i wyneb Ifan y *chauffeur*. Os oedd Ifan yn debyg i epa pan welsant ef gyntaf gerllaw'r orsaf, roedd e'n fwy tebyg fyth yn awr. Fflachiai dicter yn ei lygaid bach, ac roedd rhyw wên anifeilaidd ar ei wyneb. Noethai ei ddannedd arnynt fel pe bai ar fin eu llarpio.

'Pam ŷch chi'n 'y nilyn i?' gofynnodd, ac roedd ei dafod yn dew fel tafod dyn meddw.

'Byb-byb-byb,' dechreuodd Wil geisio dweud rhywbeth, ond cyn iddo gael cyfle i ddweud gair yn glir dechreuodd Ifan ysgwyd y ddau a'i holl nerth. Ysgydwai mor ffyrnig nes peri iddyn nhw gredu fod eu diwedd wedi dod. Teimlent y byd i gyd yn troi o gylch eu pennau – un funud roedden nhw'n gweld drws yr hen dŷ o flaen eu llygaid, a'r funud nesaf lidiart y clos, a'r nesaf y borfa las. Doedd y ddau gyda'i gilydd yn ddim mwy na rhyw bluen yn nwylo anferth Ifan y *chauffeur*. Yn sydyn, peidiodd yr ysgwyd, ond teimlai'r ddau fachgen yn hynod o feddw. Yna clywsant lais Ifan wedyn.

'Beth ŷch chi'n mofyn ffor' hyn? Dwedwch y gwir, neu myn brain i . . .' Daliai'i afael yng ngwegil y ddau o hyd, a meddyliodd Hywel ei fod ar fin dechrau ysgwyd eto. Ond cyn iddo wneud hynny dyma Wil yn cael gafael yn ei dafod.

'Nid eich dilyn chi wnaethon ni, nage wir. Dim ond digwydd dod ffor' hyn am dro bach wnaethon ni . . . a digwydd gweld hen dŷ gwag fan hyn . . . a . . .'

'O, *digwydd*, iefe? Dim ond *digwydd*, iefe?' Edrychai Ifan yn ffyrnig o un i'r llall. Roedd golwg ddrwgdybus, gas arno. Yna gollyngodd y ddau'n rhydd yn sydyn, fel pe bai wedi penderfynu fod Wil yn dweud y gwir wrtho wedi'r cyfan.

'Ewch nôl i'r ysgol,' meddai, 'a pheidiwch â chroesi fy llwybr i eto – fydda i'n cadw llygad arnoch chi'ch dau o hyn allan, ac os gwela i rywbeth o le – gwae chi. Dod yma i wneud gwersi wnaethoch chi, ontefe?'

Nodiodd y ddau fachgen.

'Wel 'te, sticiwch at eich gwersi a chadwch eich pennau allan o bob busnes arall,' ac estynnodd gic slei at Wil Jones â'i seis twelf. Ond roedd hwnnw'n barod amdano ac ni chafodd fawr o drafferth i osgoi'r esgid fawr. Yn wir, cyn i droed Ifan ddod yn ôl i ymyl ei chwaer ar y llawr, roedd Hywel a Wil hanner y ffordd i fyny'r llwybr, ac yn ei baglu hi am Blasywernen fel dau filgi. Roedd y ddau ar gymaint o frys fel na welsant yr hwdwch du yng nghlawdd y lôn, rhywun oedd wedi bod yn gwylio'r cyfan a ddigwyddodd o flaen yr hen dŷ.

* * *

Plismon rhyfedd iawn ar lawer cyfrif oedd Sarjant Tomos, Cwrcoed. Yn un peth nid oedd yn edrych yn debyg i blismon o gwbl. Roedd golwg wirion freuddwydiol ar ei wyneb mawr, coch, ac roedd ei lifrai bob amser yn edrych fel pe bai wedi cysgu ynddynt y noson gynt.

Rhyw ddyn anniben, aflêr felly oedd Sarjant Tomos. Roedd plant bach Cwrcoed yn meddwl y byd ohono. Fyddai e byth yn rhedeg ar eu hôl, nac yn bygwth carchar arnynt pan fydden nhw'n cadw gormod o sŵn, neu pan fydden nhw'n tresmasu ar gaeau rhai o ffermydd yr ardal. Na, roedd Tomos yn hoffi plant, er nad oedd ganddo ef ac Elen ei wraig yr un plentyn eu hunain. Y farn gyffredinol yng Nghwrcoed oedd mai hen ffŵl oedd y Sarjant, ac na allai ddal yr un drwgweithredwr i achub ei fywyd. Byddai Ifans y Siop yn arfer dweud eu bod nhw'n ffodus iawn yng Nghwrcoed nad oedd yno nemor neb yn torri'r gyfraith byth.

'Gallai unrhyw leidr gwerth ei halen wneud ei ffortiwn yn yr ardal yma, tra bo Tomos y Polîs yn cysgu,' meddai Ifans yn wawdlyd. 'Fase fe ddim wedi ca'l dod i Gwrcoed o'r ddinas, oni bai'i fod e mor wirion â dafad – yn rhy wirion o lawer i ddelio â'r bechgyn smart yng Nghaerdydd 'co.

Ond nid oedd Ifans y Siop yn dweud y gwir i gyd yn hynny o beth. Ni wyddai ef na neb arall yn yr ardal mai wedi gofyn am gael ei symud i'r wlad o'r ddinas roedd Tomos. Ni wyddai neb chwaith, ond Tomos ei hunan, faint o ffwdan a gafodd i gael caniatâd ei benaethiaid i wneud hynny. Doedd neb ond Tomos wedi clywed geiriau'r Prif Gwnstabl yn ei swyddfa, pan glywodd fod Tomos am symud i'r wlad.

'Fachgen, Tomos, chi yw'r gŵr ifanc mwya addawol sy gen i. Dŷch chi ddim am eich claddu eich hunan ym mherfedd gwlad, a chithau'n gwneud mor dda yma? Ŷch chi'n sarjant yn barod, ac rwy'n proffwydo y byddwch chi'n Inspector yn fuan iawn, ond i chi gadw 'mlaen fel

31

ŷch chi'n gwneud ar hyn o bryd. Nawr rwy'n gofyn ichi ailystyried y peth o ddifri, Tomos; mae eisie dyn fel chi arna i yma.'

Ond mynd i'r wlad a wnaeth Tomos. Roedd Elen yn wan ei hiechyd ar y pryd, a theimlai Tomos mai ei ddyletswydd oedd mynd â hi i fyw i'r wlad er mwyn iddi gael digon o awyr iach a haul. Ac yn wir fe wnaeth y wlad les i Elen hefyd. Peth arall, dyn gwlad oedd Tomos. Roedd e'n caru'r tawelwch a'r bywyd hamddenol a'r bobl garedig, gyfeillgar oedd yn byw yno. Aeth blynyddoedd heibio a chafodd Elen ei hiechyd nôl, a chafodd Tomos ddigon o hamdden i ddarllen ac i arddio yn ardal dawel Cwrcoed.

Aeth pum mlynedd heibio bellach er pan ddaliodd Tomos y lleidr o Sais hwnnw a dorrodd i mewn i'r Co-op a dwyn dau gan punt. Roedd Tomos wedi'i ddal yn y drws pan oedd yn dod allan, mor hawdd â chwarae plant. Y farn ymhlith pobl ddoeth Cwrcoed y tro hwnnw oedd fod y lleidr wedi bod yn rhyfedd o anffodus i ddod allan o'r Co-op pan oedd Tomos yn *digwydd* pasio ar ei ffordd tua thre. Wrth gwrs nid oedd Tomos wedi dweud wrth neb ei fod wedi bod yn gwylio symudiadau'r Sais oedd yn aros yn y Swan am dridiau cyfan, a'i fod wedi'i amau o'r dechrau. A phe buasai wedi dweud hynny wrth rywun, fuasai neb wedi coelio'r un gair.

Roedd Tomos y Polîs wedi gweld y rhan fwyaf o'r hyn a ddigwyddodd i Wil a Hywel o flaen yr hen dŷ y prynhawn hwnnw o hydref. Ni ellir dweud yn iawn beth oedd e'n ei wneud y ffordd honno ar y pryd.

Efallai mai cyd-ddigwyddiad oedd bod Tomos yno, ond beth bynnag, gwelodd yr hyn a ddigwyddodd trwy glawdd y lôn, er ei fod yn rhy bell i glywed yr un gair a ddywedwyd. Gwelodd Ifan y *chauffeur* yn ysgwyd y ddau fachgen, a bu bron iddo ddod allan o'i guddfan i'w hachub o'i afael, ond penderfynodd aros yn ei unfan i weld beth a ddigwyddai. Gwyddai Tomos fod aros yn ei unfan a gwylio yn well yn aml iawn na rhuthro o gwmpas fel dyn gwyllt. Fe welodd y bechgyn yn rhedeg fel milgwn i gyfeiriad y Plas, ac yna gwelodd Ifan yn diflannu heibio i dalcen yr hen dŷ unwaith eto. Yna daeth Tomos allan o'r tu ôl i'r clawdd, ac aeth i lawr y llwybr yn hamddenol fel pe bai ganddo ddigon o amser i whilibawan. Cyn iddo gyrraedd y clos gwelodd Ifan yn dod i'w gyfarfod yn frysiog.

'A! Sarjant Tomos,' meddai Ifan, yn wên o glust i glust, 'beth ŷch chi'n 'i wneud ffordd hyn?'

'Wel,' meddai Tomos gan grafu 'i ben ac edrych yr un ffunud â'r ddafad honno y soniodd Ifans y Siop amdani, 'wel, digwydd dod am dro bach ffordd hyn wnes i – dim ond digwydd . . .'

Cofiodd Ifan iddo glywed yr un geiriau yn union bron o enau'r bechgyn rai munudau ynghynt. Ond roedd y Sarjant yn siarad eto.

'Y-y chi sy yn y Plas ontefe?'

'Ie,' meddai Ifan, gan wgu tipyn erbyn hyn.

'Wel . . . y . . . os ca i ofyn, heb fod yn rhy fusneslyd – ga i ofyn beth ŷch *chi'n* 'i wneud yma mor bell o'r Plas?'

'Na, na, dŷch chi ddim yn rhy fusneslyd o gwbwl, mae gyda chi berffaith hawl . . . a does gen inne ddim byd i'w guddio. Dod yma i nôl dau o fechgyn Dr Puw wnes i. Daeth y ddau cyn belled ag yma heb ganiatâd, a does gyda nhw ddim busnes i adael yr ysgol yr amser yma o'r dydd. Dau o'r bechgyn mwya anodd eu trin ydyn nhw, ac rwy'i wedi addo cadw llygad arnyn nhw dros y Doctor. Wn i'n y byd beth oedd y ddau'n ei wneud ffordd hyn, ond gellwch fod yn siŵr y bydden nhw wedi gwneud rhyw felltith oni bai i fi ddod mewn pryd. Dau fachgen ofnadwy ŷn nhw, Mr Tomos.' A nodiodd ei ben yn ddifrifol. Nodiodd Sarjant Tomos ei ben gydag ef fel pe bai mewn cydymdeimlad llwyr ag Ifan, a dechreuodd y ddau gydgerdded i fyny'r llwybr tua'r lôn.

'Arhoswch chi,' meddai'r Sarjant gan grafu'i ben, 'hen dŷ yn perthyn i'r Plas yw hwn ontefe? Nid yr hen giper oedd yn arfer byw yma? Arhoswch chi nawr – does neb wedi byw yma ers deg neu ddeuddeg mlynedd os wy'n cofio'n iawn. Rwy'i bron ag anghofio enw'r hen dŷ. Nid . . . Dôl-nant? Ie dyna fe, ontefe? Mae'n syndod na fase rhywun wedi'i gymryd hefyd, a'r tai mor brin ym mhob man, waeth dyw e ddim cynddrwg a hynny, er 'i fod e'n go hen wrth gwrs. Mae'r to'n edrych yn ddiddos ac mae'r welydd hyd y gwela i . . . wyddoch chi, mae gen i hen gyfaill wedi riteiro yng Nghaerdydd a fyddai'n hoffi cael Dôl-nant ar rent; mae e'n edrych am le bach yn y wlad. Rhaid i fi ofyn i'r Doctor a yw e'n barod i osod yr hen le.'

'Na, na, Mr Tomos,' torrodd Ifan ar ei draws, 'na rwy'n digwydd gwybod na fydd y Doctor ddim yn barod i osod yr hen dŷ 'ma. Felly fyddwch chi naws gwell o ofyn iddo.'

'O!' Roedd aeliau Tomos y Polîs fel dau fwa mawr uwchben ei lygaid, ac roedd yr olwg ddiniwed ar ei wyneb yn ddigon i godi chwerthin hyd yn oed ar greadur mor ddihiwmor ag Ifan.

'Wyddoch chi pa reswm all fod gan y Doctor dros beidio â'i osod?'

'Wel, Mr Tomos, rwy'n digwydd gwybod fod y Doctor yn ei gadw'n wag rhag ofn y bydd ei angen rywbryd ar un o'r staff.'

'O wel, dyna fe 'te, fe fydd rhaid i'm hen gyfaill yng Nghaerdydd aros yn y ddinas am dipyn eto felly. Diolch i chi am roi gwybod i fi – fydd dim eisie i fi siarad â'r Doctor am y peth nawr.'

Daethant ar y gair at y llidiart a oedd yn arwain drwy'r coed at y Plas.

'Wel, noswaith dda, Mr Tomos,' meddai Ifan a'i law ar y llidiart.

'Noswaith dda. E . . . gobeithio na chewch chi ddim rhagor o drafferth gyda'r ddau fachgen 'na.'

'Ie, gobeithio hynny'n wir, ond rwy'n ofni mai fel arall y bydd hi . . .'

Aeth Ifan o'r golwg i'r coed, ac aeth Sarjant Tomos yn hamddenol tua thre.

* * *

Ar ôl llawer o duchan, tynnodd Sarjant Tomos ei ddwy esgid fawr oddi ar ei draed a gorweddodd nôl yn ei gadair freichiau. Cododd ei draed i ben y pentan a chaeodd ei lygaid, a bu distawrwydd yn y gegin.

Roedd Elen ei wraig yn gwnïo'n brysur, gyferbyn ag ef, a thaflai lygad ar ei gŵr yn awr ac yn y man. Roedd hi'n ei adnabod yn well na neb, a gwyddai fod rhywbeth wedi'i gynhyrfu yn ystod y dydd, ac yn awr disgwyliai'n amyneddgar iddo ddweud rhywbeth. Bu rhaid iddi aros yn hir. O'r diwedd agorodd Tomos ei lygaid a phesychodd.

'Wyt ti'n meddwl, Elen, fod Doctor Puw Plasywernen wedi gwneud gwaith call i gyflogi'r Ifan 'na fel gwas?'

'Wn i ddim, wir,' meddai Elen gan ddal i wau'n brysur iawn, 'dw i'n hunan yn lico dim o'i olwg e. Welais i 'rioed ddyn mor fileinig yr olwg.'

'Ie, ond Elen fach, nid wrth ei olwg mae barnu dyn, cofia. Wyt ti'n cofio Bowers y lleidr a'r llofrudd yng Nghaerdydd 'slawer dy'? Roedd hwnnw'n edrych mor ddiniwed â'r oen – roedd ganddo wyneb sant a chalon cythraul. A phwy sy'n gwybod nad oes gan Ifan y Plas wyneb cythraul a chalon sant? O na, rhaid i ni beidio â barnu dyn wrth ei olwg.'

Bu distawrwydd eto yn y gegin.

'Wyddost ti o ble daeth e yma, Elen?'

'Na wn i. Ma'n nhw'n dweud mai o Abertawe, ond welais i 'rioed mohono cyn diwrnod y sêl fawr yn y Plas pan o'n nhw'n gwerthu pethe'r Llwydied, druen bach. Rwy'n cofio'i weld e'r pryd hwunw gyda rhyw ddyn dierth arall. Wyt ti'n cofio'r dyn â'r got felen grand honno a brynodd gymaint o bethe ar y sêl?'

Nodiodd ei gŵr.

'Do, fe brynodd hwnnw rai o'r hen ddodrefn a'r hen lyfrau ondofe? Roedd Doctor Puw'n cynnig am y llyfrau ond roedd y dyn dierth yn cynnig yn uwch nag e bob tro.' Tynnodd Elen facyn bach gwyn o'i phoced a dechrau sychu cornel ei llygad.

'Nawr, Elen!' Trodd Tomos ei ben gan wenu'n hanner

bygythiol oherwydd gwyddai fod Elen ei wraig yn paratoi i golli rhai dagrau o gydymdeimlad â Llwydiaid Plasywernen. Un felly oedd Elen.

'Druan â'r Llwydied, Tomos, yn gorfod gwerthu'r hen bethe hen 'na i gyd a gweld dynion dierth yn mynd â nhw o'r hen dŷ am byth. 'Na biti na fase trysor yr hen Syr Gwallter wedi dod i'r golwg y diwrnod hwnnw er mwyn i Syr Watcyn druan gael aros yn y Plas.'

Roedd y macyn bach gwyn yn brysur yn awr.

'Wyt ti ddim yn credu'r hen stori am y trysor wyt ti, Elen?'

'Wn i ddim beth i' gredu. Mae'r Llwydied wedi credu ynddi'n ddigon hir beth bynnag, ac wedi chwilio'n ddigon hir am y trysor, druen. Falle y bydde hi'n well ta' rhai ohonyn nhw wedi ceisio gwneud ffortiwn mewn rhyw ffordd arall yn ystod eu bywyd.'

'Aros di, Elen, faint sy oddi ar y gwerthu?'

'Tri mis i ddydd Sadwrn nesa. ' Roedd Elen bob amser yn sicr o'i dyddiadau; byddai'n dweud yn aml,

'Blwyddyn i heddi y priododd hon a hon.' Neu –

'Dwy flynedd i heddi y claddwyd hwn a hwn.'

Caeodd y Sarjant ei lygaid unwaith eto. Yna gofynnodd ymhen tipyn:

'Wyt ti'n cofio i mi ddweud wrthot ti 'mod i wedi gofyn i Doctor Puw am rento Dôl-nant i Owen Rees o Gaerdydd?'

'Ydw.'

'Wel, fe addawodd y Doctor y câi Owen yr hen le ar ôl iddo fe gael amser i atgyweirio tipyn arno.'

'Do, do, rwy'n gwybod. Rown i'n meddwl fod y cyfan wedi'i setlo rhwng y ddau.'

'Wel, Elen, fe fûm i lawr heibio i Ddôl-nant y prynhawn 'ma – dim ond digwydd mynd am dro – ac fe welais i Ifan y Plas yno.'

'O!'

'Do, a phan welais i e roedd e'n trin dau o fechgyn yr ysgol yn go arw – yn eu hysgwyd yn ffyrnig, ac fe gyrhaeddodd gic at un ohonyn nhw tra own i'n gweld. Petai'r gic honno wedi disgyn, rwy'n ofni y byddai'n rhaid i Ifan ateb o flaen ei well am y weithred. Roedd hi'n gic go gas, Elen.'

'Gobeithio dy fod ti wedi rhoi gwybod 'i seis iddo fe! Yr hen . . .'

'Wel, naddo. Wyt ti'n gweld, ddangosais i ddim 'mod i wedi gweld dim. Ond ar ôl i'r bechgyn redeg tua'r Plas fe ges i air bach ag e, ac fe ofynnais iddo a oedd yn meddwl y byddai'r Doctor yn barod i rento Dôl-nant, ac er syndod i fi, fe wylltiodd braidd, ac fe ddwedodd gelwydd noeth wrtho' i. Fe ddwedodd fod y Doctor yn cadw Dôl-nant rhag ofn y byddai rhai o'r staff eisie'r tŷ rywbryd. Nawr, pam y dwedodd e gelwydd fel'na, Elen? Pan fydd dyn yn dweud celwydd wrth y Polîs mae ganddo rywbeth i'w guddio. Beth sydd gan Ifan i'w guddio 'sgwn i? Bydd rhaid cadw llygad ar y bachgen yna rwy'n ofni . . .'

Pennod 4

Yn un o ystafelloedd mawr Plasywernen roedd y Gampfa. Yno y byddai'r bechgyn yn mynd pan fyddai ganddynt hanner awr neu awr yn rhydd oddi wrth eu gwersi. Roedd yno bob math o bethau i'r plant chwarae â nhw. Bwrdd ping pong, rhaffau i'w dringo, siglen, ac yn fwy poblogaidd na dim, menig paffio!

Roedd bron wythnos wedi mynd heibio er pan ddaeth y deuddeg disgybl at ei gilydd i Blasywernen, ac roeddynt erbyn hyn wedi ymrannu'n barau o ffrindiau fel y gwna bechgyn ym mhob ysgol bron. Roedd Hywel a Wil Jones wedi tyfu'n ffrindiau o'r cychwyn, fel y gwelwyd. Roedd Phil Morgan hefyd wedi cael ffrind iddo'i hunan, ac roedd Wil a Hywel wedi sylwi fod y ddau gyda'i gilydd bob cyfle a gaent. Twm Preis oedd enw cyfaill Phil, bachgen tal, cryf o Ferthyr.

Y nos Wener honno, eu nos Wener gyntaf yn yr ysgol, roedd rhyw hanner dwsin o fechgyn wedi dod ynghyd i'r Gampfa yn gynnar ar ôl te. Roedd dau ohonynt yn chwarae ping pong, ond roedd y pedwar arall i lawr ym mhen isa'r Gampfa yn paffio. Neu, i ddweud y gwir, roedd dau yn paffio a'r lleill yn gwylio. Twm Preis o Ferthyr oedd un o'r paffwyr, a bachgen o'r enw Gwyn Rowlands oedd ei wrthwynebydd. Yn eistedd ar y fainc wrth y wal roedd Phil Morgan ac un o'r bechgyn eraill. Roedd Phil yn gwylio pob symudiad o eiddo'r ddau baffiwr ac roedd yn hawdd gweld fod Twm Preis yn cael y gorau ar ei wrthwynebydd bob tro. Chwarddai Phil yn uchel bob tro y rhoddai Twm ergyd i Gwyn, a chlapiai ei ddwylo wrth weld mor hawdd roedd Twm yn osgoi ergydion y llall. Wrth gwrs, medrai Gwyn glywed chwerthin a chlapio gwawdlyd Phil yn iawn, ac nid oedd hynny'n help iddo gadw'i dymer. At hynny, roedd ambell un o ergydion Twm yn ei frifo. Aeth wyneb Gwyn, druan, yn goch fel twrci a gwnaeth hynny i Phil chwerthin yn uwch fyth. Yna, i wneud pethau'n waeth – Bang! Trawodd Twm ef yn galed yn ei drwyn, a dechreuodd y gwaed lifo ar unwaith.

Dyna'i diwedd hi! Cynddeiriogodd Gwyn a rhuthrodd at Twm Preis yn ffyrnig, ac aeth y paffio, a ddechreuodd fel chwarae cyfeillgar, yn ornest boeth iawn. Trwy lwc yn fwy na dim arall, llwyddodd Gwyn i roi un ergyd galed i Twm yn ei stumog. Ar hynny, gwelodd Phil Morgan a oedd yn bloeddio erbyn hyn, dri pheth yn digwydd mewn fflach. Gwgodd Twm Preis a thrawodd Gwyn druan 'Crac!' ar flaen ei ên, a syrthiodd hwnnw i'r llawr fel sachaid o wellt. Disgynnodd distawrwydd trwm dros y Gampfa i gyd. Roedd y ping pong yn y pen pellaf wedi distewi, a thyrrodd pawb o amgylch y bachgen anffodus ar y llawr. Erbyn hyn roedd rhagor o fechgyn wedi dod i mewn i'r Gampfa, ac yn eu plith roedd Wil a Hywel. Pan welodd Wil y bachgen ar y llawr, trodd at Hywel.

'Dos i mofyn cwpaned o ddŵr o'r gegin os gweli di'n dda.

Aeth Hywel allan ar unwaith. Wedi iddo fynd trodd Wil Jones at Twm Preis, a oedd yn eistedd nawr yn ymyl Phil Morgan. Roedd Phil yn ei ganmol am ei orchest ac roedd gwên fawreddog ar wyneb Twm.

40

'Dyna beth oedd *knock out*, myn brain i!' meddai Phil a'i lygaid yn pefrio. Chwarddodd Twm drachefn.

Roedd Wil Jones yn eu hymyl nawr.

'Rwt ti'n gallu taro'n galed, Twm,' meddai Wil gan edrych i fyw ei lygad.

Distawodd chwerthin Twm ar unwaith, ac edrychodd yn wgus ar Wil ond ni ddywedodd yr un gair.

Am ennyd bu Wil ac yntau'n edrych ar ei gilydd ac yna torrodd llais Phil Morgan ar y distawrwydd.

'Ydy, 'machgen i, a gwell i ti a phawb arall gofio hynny hefyd.' Ac roedd gwên sbeitlyd ar ei wyneb.

Ar hyn daeth Hywel nôl â'r cwpan dŵr yn ei law. Rhoddodd y cwpan i Wil ac aeth hwnnw at y bachgen gorweiddiog a rhoddodd ychydig o'r dŵr ar ei wefusau gwelw. O'r diwedd agorodd y bachgen ei lygaid a chododd ar ei draed. Am funud, edrychodd o'i amgylch yn syn fel pe bai'n ceisio cofio beth oedd wedi digwydd. Yna gwelodd Twm Preis yn y cornel, cofiodd y cyfan, a gwridodd hyd fôn ei wallt. Cododd ar ei draed ac aeth allan o'r Gampfa a dagrau lond ei lygaid. Cyn iddo gau'r drws ar ei gywilydd, clywodd chwerthin gwawdlyd Phil Morgan ym mhen pella'r Gampfa. Pan gaewyd y drws aeth Wil ymlaen at Phil ac meddai'n chwyrn,

'Beth yw'r chwerthin sy arnat ti, was? Wela i ddim llawer o achos chwerthin mewn gweld bachgen sy newydd gael ei gnoco mas . . . gan fwli!'

Nid Phil Morgan a'i hatebodd, ond Twm Preis.

'Gwranda,' meddai, 'os wyt ti'n credu y gelli di wneud yn well na'r ffŵl 'na sy newydd fynd mas, gwisg y menig 'na ac fe gawn ni weld!'

Gellid clywed pin bach yn cwympo yn y Gampfa.

Roedd pawb yn disgwyl ateb Wil Jones. Roedd y sialens yn glir, mor glir fel na ellid ei hosgoi o gwbl. Gwyddai Wil fod yn rhaid ei derbyn neu ynteu gael ei gyfri'n llwfr am y gweddill o'i ddyddiau yn yr ysgol. Gwyddai hefyd fod Twm yn baffiwr profiadol; roedd y ffaith ei fod wedi rhoi *knock out* i Gwyn Rowlands yn profi hynny.

Roedd Hywel yn gwylio wyneb ei gyfaill a'i galon yn curo – yn curo dros Wil, druan. Teimlai nad oedd obaith iddo wrthsefyll y paffiwr profiadol o Ferthyr, ac eto nid oedd am iddo wrthod y sialens a chael ei alw'n llwfr.

Edrychodd Wil o'i amgylch ar wynebau'r bechgyn oedd yn disgwyl am ei ateb, ac yna'n ôl ar wyneb creulon Twm Preis. Yna, heb ddweud yr un gair aeth i'r gornel lle'r oedd y menig a chydio mewn pâr. Daeth yn ôl at Hywel i hwnnw gael eu clymu ar ei ddwylo.

Nid oedd Twm Preis wedi tynnu'i fenig ef o gwbl ac arhosai'n dawel ac yn ddidaro i Wil ddod yn barod. Ni bu rhaid iddo aros yn hir. Cyn gynted ag y clymodd Hywel y llinynnau â dwylo crynedig, trodd Wil i ganol y Gampfa a'i ddwylo i fyny yn barod i ddisgwyl ymosodiad Twm. Daeth hwnnw ato â'i ddwy ysgwydd gref i fyny a'i ben i lawr. Symudai ei ddwy fraich drwy'r amser, fel dwy neidr yn disgwyl cyfle i daro. Gwyliai Wil ef yn nesu, a phan ddaeth o fewn cyrracdd, anelodd ergyd at ben Twm Preis. Roedd digon o nerth ym môn braich Wil, a phe bai'r ergyd wedi disgyn gallai'n hawdd fod wedi setlo'r frwydr. Ond roedd Twm yn barod amdani. Plygodd ei ben yn sydyn o dan freichiau Wil a chlywodd Hywel, gydag ochenaid, sŵn y menig yn taro corff ei gyfaill. 'Slap! Slap!' Llaw dde a llaw chwith, un ar ôl y llall; a'r funud nesaf roedd Twm Preis wedi dawnsio o'r ffordd. Yna fel fflach, roedd yn ôl drachefn yn anelu'i ergydion at gorff Wil. Gostyngodd hwnnw ei ddwylo i'w amddiffyn ei hun, a'r eiliad nesaf roedd Twm wedi ei daro rhwng ei ddau lygad – chwap! Roedd yn ergyd mor galed nes tynnodd ddagrau o lygaid Wil. Trwy'r dagrau ni allai ond prin weld wyneb a dyrnau bygythiol Twm o'i flaen. Bang! Disgynnodd dwrn didrugaredd Twm ar ei ên, a gwelodd fil o sêr yn dawnsio o flaen ei lygaid. Teimlai'i goesau mor wan â brwyn odano. Dyna'r union ergyd a oedd wedi llorio Gwyn, druan. Ond roedd Wil yn gryfach na Gwyn, a rywfodd neu'i gilydd llwyddodd i aros ar ei draed, ac yn fwy na hynny llwyddodd am funud i gadw'i elyn draw, er na allai ond prin ei weld. Ond roedd Twm Preis ar flaen ei draed nawr. Gwyddai pe gallai roi un ergyd arall i Wil, y byddai'r frwydr drosodd. Daeth ymlaen eto â'i ddyrnau'n gwau. Fel sarff yn taro, gwibiodd ei law dde am ên Wil. Gwelodd Wil y dwrn yn dod mewn pryd, a gwyrodd ei ben. Disgynnodd yr ergyd ofnadwy ar ei dalcen, ac roedd digon o nerth ynddi i'w lorio. Syrthiodd i'r llawr yn bendramwnwgl a gorweddodd yno'n swrth. Os oedd niwl o flaen ei lygaid o'r blaen, roedd niwl yn ei ymennydd yn awr. Methai'n lân â chael ei feddyliau at ei gilydd i godi. Yn wir, roedd rhyw awydd mawr arno i orwedd ar lawr y Gampfa a mynd i gysgu ac anghofio'r cyfan am Twm Preis a phawb arall.

Yna, clywodd chwerthin gwawdlyd yn ei glustiau. Dyna'r chwerthin a wnaeth iddo gynddeiriogi pan aeth Gwyn Rowlands yn ei gywilydd drwy'r drws. Daeth yr hen ddicter yn ôl i'w galon, ac yn ei ymennydd nawr llosgai un syniad yn unig. Roedd yn rhaid iddo godi ac ymladd – ie, ymladd hyd nes y byddai Twm Preis wedi'i goncro a Phil Morgan wedi'i erlid o'r Gampfa, fel ci wedi'i chwipio. Cododd ar ei draed a synnodd ddeall ei fod nawr yn gweld yn glir. Roedd effaith ergyd Twm wedi mynd, ac roedd ei feddwl yn ddigon golau i wybod beth oedd yn rhaid iddo'i wneud. Gwyddai yn sydyn sut i guro Twm. Rhaid peidio ag aros iddo ddod ymlaen. Rhaid rhuthro arno fel tarw heb roi ysbaid o hoe iddo i'w amddiffyn ei hun. Gwyddai nawr nad oedd obaith ganddo ef i'w amddiffyn ei hunan yn erbyn paffiwr mor brofiadol a Twm. Felly nid amddiffyn oedd eisiau ond ymosod, ac ymosod drwy'r amser yn ddidrugaredd. Gwyddai erbyn hyn fod Twm mor gyfrwys ag unrhyw lwynog. Felly, penderfynodd yntau fod yr un mor gyfrwys. Ar ôl codi ar ei draed arhosodd yn llipa ar lawr y Gampfa a'i ben yn gwyro tua'r llawr fel pe bai ar fin syrthio drachefn. Roedd ei lygaid yn hanner cau, ond gwyliai Twm Preis yn graff serch hynny. Gwelodd hwnnw'n noethi'i ddannedd ac yn paratoi ar gyfer yr ergyd olaf. Gwelodd ef yn dod ymlaen yn araf i roi'r ergyd honno.

Daeth dagrau i lygaid Hywel wrth weld yr hyn oedd ar ddigwydd ac roedd Phil Morgan yn rhwbio'i ddwylo yn ei gilydd yn ei sicrwydd fod Wil ar fin derbyn yr un driniaeth ag a gafodd Gwyn Rowlands.

Yna gwelodd y bechgyn oedd yn gwylio wyrth yn digwydd o flaen eu llygaid. Fel rhywbeth cynddeiriog roedd Wil yn ymosod ar ei elyn. Brathai'r dyrnau'r awyr fel ffystiau. Bang! Bang! Bang! Disgynnai'r menig lledr ar gorff Twm Preis, ac ni allai neb wrthsefyll yr ymosodiad sydyn hwnnw. Teimlai Twm fel petai corwynt wedi'i daro ac roedd y cyfnewidiad yn Wil mor annisgwyl fel na allai wneud dim ond cilio'n ôl yn frysiog. Ond roedd Wil ar ei ôl mewn fflach. Am un eiliad syfrdanol roedd breichiau Twm yn hongian yn llonydd wrth ei ochr, a'r eiliad honno fe'i trawyd – crac! o dan ei ên. Y foment nesaf gorweddai yn ei hyd ar y llawr.

* * *

Ni ŵyr neb hyd y dydd heddiw pwy a enillodd y frwydr fythgofiadwy honno rhwng Wil Jones a Twm Preis, oherwydd cyn i Twm gael cyfle i godi o'r llawr, (os oedd yn awyddus i godi o gwbl) agorodd drws y Gampfa a daeth Doctor Puw i mewn. Safodd yn stond wrth weld wynebau gwelw'r bechgyn. Edrychodd yn fud ar Twm Preis ar y llawr, ac ar Wil yn sefyll uwch ei ben. Deallodd ar unwaith fod brwydro chwerw wedi bod yn mynd ymlaen.

'Wiliam Jones,' meddai'n chwyrn, 'dewch i'r swyddfa ar fy ôl i.'

Trodd ar ei sawdl ac allan ag ef. Cyn gynted ag y caeodd y drws torrodd siarad mawr allan yn y Gampfa. Cododd Twm Preis ar ei draed gan rwbio'i ên.

'Fe gawn ni gwrdd 'to, was,' meddai wrth Wil, ac estynnodd ei ddwylo i Phil er mwyn i hwnnw ddatglymu'i fenig. Gwnaeth Hywel yr un gwaith dros Wil. Ar ôl diosg ei fenig a thynnu'i fysedd trwy'i wallt cwrl, aeth Wil yn benisel i gyfeiriad y swyddfa. Gadawodd Hywel wrth ei sodlau ac aeth i fyny'r grisiau i'w ystafell wely.

'Dewch i mewn,' meddai llais digroeso o'r tu arall i'r drws, pan gnociodd Wil. Aeth i mewn yn araf. Safai'r Doctor ar ei draed, a'i gefn at y tân. Edrychodd yn ddifrifol ar Wil o dan ei aeliau trwchus a bu distawrwydd am funud.

'Wel, Wiliam Jones,' meddai'r Doctor o'r diwedd. 'Dyma chi unwaith eto wedi peri gofid i mi. Yn y lle cynta fe geisioch chi godi ofn ar fachgen ganol nos, a nawr dyma chi wedi bod yn ymladd â bachgen arall yn y Gampfa, ac wedi i daro i lawr . . .'

'Ond, syr . . .'

'Na, na, gadewch i mi orffen. Mae'n amlwg i mi bellach mai bwli ŷch chi, Wiliam Jones, a does gen i ddim golwg o gwbwl ar fwli. Yn fy marn i dyna'r teip gwaetha o fachgen y gellir ei gael mewn unrhyw ysgol.'

'Ond syr, nid arna i'r oedd y bai i gyd am yr hyn a ddigwyddodd yn y Gampfa. Wir, syr.'

'O, wel, efalle y byddwch chi mor garedig â dweud beth ddigwyddodd cyn i mi benderfynu beth i'w wneud â chi.'

'Y . . . y . . . ond fedra i ddim, syr.'

'Fedrwch chi ddim? Pam?'

'Wel, syr, y . . . y . . . mi fydda i'n glapgi os dweda i wrthych chi, a . . . a . . .'

'O, felly!' Roedd aeliau'r Doctor yn guchiog iawn nawr, a bu distawrwydd eto yn y swyddfa am ysbaid hir. O'r diwedd dywedodd y Doctor: 'O'r gore, a' i ddim i bwyso arnoch chi am eglurhad . . . *ond* . . . nawr gwrandewch yn astud arna i. Yn ysgol Plasywernen – lle nad oes ond deuddeg o fechgyn, a'r rheini wedi'u dewis gen i am eu bod yn fechgyn galluog, â'u bryd ar ddod ymlaen yn y byd, dwy'i ddim yn disgwyl cael trafferth gyda disgyblaeth. Rwy'n disgwyl i bawb ymddwyn fel gwŷr bonheddig. Mae yma bopeth i'ch difyrru pan na fyddwch chi'n gweithio. Mwynhewch eich hunain faint a fynnoch ar bob cyfri – ond – does dim cweryla nac ymladd i fod o gwbwl; ac os delir chi eto yn gwneud unrhyw beth fel hyn – wel – fe fydd rhaid i mi ofyn i chi adael Plasywernen a mynd yn ôl adre. Ydy hwnna'n hollol glir?'

'Ydy, syr.'

'O'r gore, ewch i'ch stafell.'

Aeth Wil allan o'r swyddfa ac i fyny'r grisiau gan deimlo'n wangalon iawn. Aeth i mewn i ystafell Hywel a chwympodd ar gadair wrth ymyl y gwely.

'Wel, Hywel boi, rwy'n 'i chanol hi heno.'

Edrychodd Hywel yn dosturiol ar ei gyfaill.

'Oedd y Doctor yn ffyrnig iawn?'

'Ffyrnig? Na, ddim yn ffyrnig efalle, ond yn blwmp ac yn blaen, dyna i gyd. Unwaith eto y bydd eisie i fi dorri'r gyfraith yn yr academi yma cyn cael mynd adre at Mam. O wel, efalle mai dyna fyddai ore.'

'Na, paid â siarad fel'na, Wil. Gad i ni fod ar ein gore i blesio'r Doctor am dipyn er mwyn cael ennill ein parch yn ôl. Gad i ni anghofio popeth ond ein gwaith . . .'

'Hy! Rwy'n ofni 'mod i wedi colli f'enw da am byth yn y lle 'ma. Beth bynnag wna i mwy i'r Doctor, fydd e ddim yn iawn.'

Aeth y ddau i'r gwely'r noson honno'n ddiflas iawn.

* * *

Rywbryd yn ystod y nos fe ddihunodd Hywel i glywed sŵn cerdded lladradaidd ar hyd y coridor a meddyliodd iddo glywed eto'r 'tap, tap, tap' a glywodd y noson gynt. Ond y tro hwn, aeth e ddim i alw ar Wil Jones. Yn lle hynny rhoddodd ei ben o dan y dillad i gau allan bob sŵn. Onid oedd Wil druan mewn digon o helynt yn barod? Ymhen rhyw hanner awr tynnodd ei ben allan o dan y dillad ac roedd popeth yn ddistaw unwaith eto ym Mhlasywernen. Ymhen tipyn, aeth yn ôl i gysgu drachefn.

Pennod 5

Dihunodd Hywel y bore Sadwrn cyntaf hwnnw ym Mhlasywernen gyda'r syniad nad oedd popeth fel y dylai fod. Roedd mwy o gyffro nag arfer o gwmpas yr hen blas; deuai sŵn siarad uchel i fyny'r grisiau, er na allai Hywel ddeall yr un gair. Fe wisgodd yn frysiog ac aeth i'r bathrwm i ymolchi, a phan ddaeth 'nôl roedd Wil Jones yn ei ystafell, wedi 'molchi ac yn barod i fynd lawr i frecwast.

'Mae rhyw siarad mawr o gwmpas y lle 'ma bore 'ma, Hywel bach.'

'O, roet tithe wedi sylwi? Gad i ni fynd lawr i weld beth sy'n mynd ymla'n.'

Aeth y ddau gyfaill lawr ar hyd y coridor hyd ben y grisiau – a dim pellach! O ben y grisiau gallent weld lawr i'r neuadd fawr, ac roedd yr hyn a welsant o'r fan honno yn ddigon i synnu'r ddau fachgen. Nawr, roedd grisiau Plasywernen yn rhai neilltuol iawn nid yn unig am fod carped coch costus yn arfer bod arnynt, ond hefyd am eu bod yn llydan eithriadol ac o farmor gwyn i gyd. Ond heddiw gwelodd y bechgyn fod y carped coch wedi'i dynnu i ffwrdd yn drwsgl ac roedd yn bentwr ar lawr y neuadd. Nid yn unig hynny, ond roedd dau slab marmor wedi'u tynnu i ffwrdd o ganol y grisiau a llwch gwyn trwchus o'r fan honno hyd lawr y neuadd. Ar waelod y grisiau roedd Doctor Puw a Sarjant Tomos yn siarad yn eiddgar â'i gilydd. Yna gwelodd y Doctor y ddau fachgen yn sefyll ar ben y grisiau, a chuchiodd ei aeliau trwchus am ennyd heb ddweud dim. Edrychodd y Sarjant i fyny hefyd, ond gwenu arnyn nhw a wnaeth hwnnw.

'Dewch i lawr yma ar unwaith,' meddai'r Doctor.

Aeth y ddau fachgen i lawr gan gamu'n ofalus dros y twll ar ganol y grisiau.

'Mae rhywbeth ofnadwy wedi digwydd,' meddai'r Doctor, gan edrych yn amheus ar y ddau, 'dwy'i ddim yn siŵr eto p'un ai rhywun o'r tu fewn i'r Plas neu rywun o'r tu allan sy'n gyfrifol. Rwy'n dal i gredu mai rhywun o'r tu fewn a'i gwnaeth, gan na welaf unrhyw reswm dros i neb o'r tu allan wneud peth o'r fath. Felly, fe fydda i'n holi pawb o fechgyn yr ysgol yn fanwl, ac mae'r Sarjant wedi addo fy helpu i ddod o hyd i'r drwgweithredwr. Mae'r peth yn anesboniadwy i mi. Pe bai ffenest wedi'i thorri neu un o'r celfi fyddwn i'n synnu dim: ond y grisiau a'r carped – rwy'n methu'n lân â deall . . . Wyddoch chi rywbeth am hyn, Wiliam Jones?' ac edrychodd yn dra difrifol ar Wil.

'Na, dim o gwbwl, syr.'

'Hm, fe gawn ni weld.'

Erbyn hyn roedd y bechgyn eraill i gyd wedi dod i lawr o'r llofft ac yn tyrru o gylch y Doctor a'r Sarjant. Edrychai pawb yn syn ar y difrod ar y grisiau ac roedd pawb yn siarad ar draws ei gilydd.

'Ewch i gael eich brecwast bob un,' meddai'r Doctor, 'fe ga i gyfle i'ch holi chi eto.'

Aeth pawb i gyfeiriad y gegin, ond Hywel. Safodd hwnnw ar ôl a golwg anesmwyth arno. Roedd wedi dod i benderfyniad sydyn.

'Ie, Hywel?' meddai'r Doctor.

'Wel, syr, fe glywais i ryw sŵn yn y nos neithiwr.'

Trodd Tomos y Sarjant ato'n sydyn.

'Pa fath o sŵn?'

'Wel, sŵn cerdded ar hyd y coridor ar y llofft a rhyw sŵn cnocio. Roeddwn i wedi'i glywed e o'r blaen a . . .'

'Ar hyd y coridor?' meddai'r Sarjant, gan edrych i fyny'n fyfyriol i gyfeiriad y to. Yna edrychodd 'nôl i gyfeiriad y grisiau fel pe bai wedi llwyr anghofio Hywel. 'Y seithfed gris o'r gwaelod . . . ych chi wedi sylwi, Doctor, fod pymtheg gris i'r stâr hardd yma? . . . Ar hyd y coridor! Fe ga i'ch gweld chi eto, Hywel.'

Aeth Hywel at ei frecwast gan deimlo'n edifar braidd ei fod wedi dweud dim. Roedd yn amlwg nad oedd fawr o glem gan y Sarjant i ddatrys unrhyw ddirgelwch.

Ar ôl i Hywel fynd, safodd y Sarjant am funud i grafu'i ben.

'Wyddoch chi, Doctor, dwy'i ddim yn credu o gwbwl mai'r plant sy'n gyfrifol am y llanast 'ma.'

'Ond Sarjant, rwy'n methu gweld . . . pwy arall allai wneud peth o'r fath? Dŷch chi ddim yn awgrymu fod neb wedi torri i mewn i wneud peth fel hyn? Pa reswm allai fod gan neb dros wneud y fath beth? Na, Tomos, mae'n ddrwg gen i, ond alla i ddim cytuno â chi.'

'Doctor,' meddai Sarjant Tomos yn bwyllog ac yn ddifrifol, 'ŷch chi'n cofio'r stori am drysor Plasywernen?'

Chwarddodd Doctor Puw.

'Tomos bach, ŷch chi ddim o ddifri, ŷch chi?'

'Ydw, Doctor. Mae rhywbeth yn fy esgyrn yn dweud wrtho' i fod gan drysor Plasywernen rywbeth i'w wneud â'r busnes 'ma. Mae 'na rywun wedi dechrau chwilio am y trysor eto. Dyna'r unig ffordd i egluro'r difrod 'ma ar y grisiau. Ac fe ddweda i ragor wrthoch chi; mae pwy bynnag fu yma neithiwr wedi dod o hyd i ryw wybodaeth newydd ynglŷn â'r trysor, neu o leia mae'n meddwl ei fod. Mae'r ffaith ei fod wedi ymosod ar y grisiau yn profi hynny.'

'Ie, ond Tomos – ŷch chi ddim yn meddwl mai'r bechgyn 'ma sydd wedi cael y syniad y gallan nhw ddod o hyd i'r trysor? Rwy'n cofio nawr i fi fod yn ddigon ffôl i ddweud hanes y trysor wrthyn nhw y diwrnod cynta y daethon nhw 'ma. Dyna fe – fe gewch chi weld mai'r bechgyn sydd wrth wraidd y peth. Ond pa rai ohonyn nhw, dyna'r cwestiwn! Mae 'ma ddau fachgen sydd wedi achosi tipyn o drafferth i fi yn barod: efalle mai nhw . . . ond sut mae profi'r peth?'

Roedd Tomos y Polîs i fyny wrth y twll yn y grisiau erbyn hyn.

'Wyddoch chi, Doctor, mae rhywun wedi bod â gaing galed a morthwyl wrth y gwaith 'ma. Ond dwy'i ddim yn meddwl ei fod e wedi cael y trysor chwaith. Mae'n rhyfedd na fase fe wedi ceisio rhoi'r marmor 'nôl – a'r carped. Efalle fod rhywbeth wedi'i ddistyrbio wrth ei waith.'

'Falle wir, Tomos. Wel, fe fydd rhaid i ni wneud hynny drosto mae'n debyg.' Canodd y Doctor gloch ar y mur a chyn pen winc daeth Ifan y *chauffeur* o rywle.

'Ifan,' meddai'r Doctor, 'rwy'i am i chi glirio'r annibendod 'ma, os gwelwch yn dda. Mae rhywun wedi gwneud y difrod yn ystod y nos: chlywsoch chi ddim un sŵn neithiwr do-fe?'

'Naddo wir, syr. Hawyr bach! Dyma beth ofnadwy! Ŷch chi ddim yn meddwl mai rhai o'r bechgyn . . ?'

'Wyddon ni ddim byd eto, Ifan. Ewch ymlaen â'ch gwaith, i ni gael rhyw drefn ar bethau cyn daw'r bechgyn o frecwast.'

Aeth Ifan i fyny'r grisiau i ddechrau clirio. Safai'r Sarjant a'r Doctor wrth waelod y grisiau yn ei wylio.

'Wyddoch chi, Doctor, 'mod i'n credu'n gryf fod 'na drysor ym Mhlasywernen yn rhywle, ac fe garwn gael blwyddyn yn rhydd oddi wrth fy ngwaith i wneud dim ond chwilio amdano. Cofiwch chi, rwy'n gwybod cymaint â neb bron am yr hen blas 'ma. Roeddwn i'n gyfaill mawr iawn i'r hen Philip y Ciper oedd yn arfer byw yn Nôl-nant. Wyddech chi fod yna hen dwnnel yn arwain o seler Dôl-nant i'r Plas? Na wyddech, rwy'n siŵr. Mae'r hen dwnnel wedi'i gau ers blynyddoedd, ond fe fûm i ar hyd-ddo unwaith gyda'r Ciper. Rwy'n cofio'n iawn – fe gychwynon ni o seler Dôl-nant a cherdded drwy'r cŵyr cor a'r llwch, ond er i ni chwilio ym mhob man chawson ni ddim o'r pen arall i'r twnnel – os oedd 'na ben arall iddo. Beth bynnag, mae'r pen i'r twnnel sydd yn Nôl-nant wedi'i gau â wal gadarn ers blynyddoedd; ond fe garwn i – ac fe garai rhai o'r bechgyn 'ma rwy'n siŵr – gael cyfle i chwilio am y pen sydd yma.'

Chwarddodd yr hen Domos fel bachgen deuddeg oed, ac yna'n sydyn fe sylwodd fod llygaid Ifan arno! Ni welodd erioed y fath olwg fileinig â'r olwg ar wyneb Ifan y funud honno, ac aeth ias fach i lawr cefn Tomos y Polîs; nid ias o ofn chwaith, ond ias o gyffro am iddo sylweddoli ei fod wedi dweud rhywbeth i gynhyrfu'r dyn ar y grisiau! Teimlai Tomos fod y busnes yma'n dechrau mynd yn ddiddorol!

Ond roedd Doctor Puw yn dechrau credu mai Tomos oedd y plismon mwyaf plentynnaidd a welodd erioed. Pam na fuasai'n trio clirio'r mater yma yn lle sôn am dwneli dirgel a phethau felly!

* * *

Y prynhawn hwnnw, gan mai dydd Sadwrn oedd hi, roedd yr ysgol yn gorffen ar ôl gwersi'r bore a rhoes y Doctor ganiatâd iddyn nhw i gyd fynd am dro i weld pentref Cwrcoed. Gwyddai y byddai'r rhan fwyaf ohonyn nhw'n falch o'r cyfle i wario tipyn o'u harian poced. Roedd hefyd am gael eu gwared o'r Plas er mwyn cael cyfle i roi pethau mewn trefn unwaith eto. Felly ar ôl cinio gwelwyd y bechgyn yn mynd yn ddau a thri i gyfeiriad y pentref. Ond nid felly Wil a Hywel. Aethant hwy ar draws y lawnt ac ar hyd y llwybr bach i gyfeiriad Dôl-nant, er bod Hywel wedi erfyn ar Wil i adael llonydd i'r lle a mynd gyda'r lleill i'r pentref. Ond roedd gormod o'r ditectif yn Wil.

'Wyddost ti, Hywel, fedra i ddim peidio â mynd i gael un golwg arall ar yr hen le: ac os na ddoi di gen i, fe fydd rhaid i mi fynd fy hunan. Wyt ti'n gweld, rwy'n siŵr i mi glywed rhywun yn cwyno y tu fewn i'r tŷ y tro o'r bla'n, ac mae'n rhaid i fi gael gweld yn iawn a oes rhyw felltith yn mynd ymlaen.'

Gan na allai Hywel adael iddo fynd ar ei ben ei hunan, roedd yn rhaid ei ddilyn, er bod rhyw reddf yn dweud wrtho am beidio.

Daethant at yr hen dŷ yn fuan iawn, heb weld neb ar y ffordd. Roedd yn brynhawn gweddol deg a chwythai awel ysgafn yn yr hen goed deri o amgylch y tŷ. Aethant ymlaen yn ddistaw at y drws a gwrando. Roedd popeth fel y bedd. Edrychodd Wil i mewn drwy ffenestr y ffrynt, ond ni welai ond ystafell wag a'r cŵyr cor yn hongian fel llenni llwyd, tenau ar y muriau a'r to. Roedd llwch blynyddoedd ar y llawr di-garped, a morter gwyn, mân, wedi syrthio o'r simdde ar draws y lle tân.

'Does neb wedi bod yn y stafell yma ers blynydd-oedd,' meddai Wil yn ddistaw.

'Dyna ti. Gwell i ni fynd 'nôl a mynd i'r pentre gyda'r lleill.'

'Na, gad i ni gael un cip ar stafelloedd y cefn cyn mynd.' Ac aeth Wil ar y gair heibio i dalcen y tŷ tua'r cefn, a Hywel yn ei ddilyn o hirbell.

Yn y cefn nid oedd ond un ffenestr fach, ac roedd hen lenni budr, tyllog arni, fel na allai neb weld trwyddi. Fe geisiodd Wil ei orau i weld trwy'r tyllau, ond roedd y ffenestr hefyd yn fawlyd iawn, a bu rhaid iddo roi'r gorau iddi. Aeth wedyn at y drws a phlygu'i ben i wrando. Plygodd Hywel yn ei ymyl. Bu'r ddau'n gwrando'n hir heb glywed dim. Yna'n sydyn clywsant glindarddach o'r tu mewn i'r tŷ – sŵn fel petai padell dun wedi syrthio i'r llawr! Yn union wedyn daeth sŵn arall o'r tu mewn. Sŵn cwyno isel fel a glywsant o'r blaen.

Edrychodd y ddau ar ei gilydd yn syn.

'Mae 'na rywun yma!' sibrydodd Wil â'i lygaid yn fflachio. Cydiodd yng nghlicied y drws, ond roedd wedi'i gloi.

'Beth wnawn ni nawr, dwed?' gofynnodd Wil i Hywel.

'Mynd 'nôl i Blasywernen,' meddai Hywel ar unwaith.

Ond nid oedd yr awgrym wrth fodd Wil.

'Rwy'n mynd i weiddi i gael gweld pwy sy 'ma.' A chyn i Hywel gael amser i'w atal dyma fe'n gweiddi'n uchel.

'Pwy sy 'na?'

Aeth llais Wil ar goll ym mherfeddion yr hen dŷ a bu distawrwydd llethol am ennyd. Yna clywodd y bechgyn y cwyno isel unwaith eto – yn eglur y tro hwn.

'Mae rhywbeth mawr o'i le 'ma, Hywel! Rwy'n mynd i mewn i weld be sy'n bod!'

'Ond, Wil, does gyda ni ddim hawl! Peth arall mae'r drws wedi'i gloi, a fedri di wneud dim.'

Ond nid oedd Wil yn gwrando ar ei gyfaill. Roedd yn edrych o gwmpas yn frysiog. Cerddodd cyn belled â chlwyd yr ardd oedd yn hongian ar agor fel rhywbeth meddw. Yn ymyl y glwyd plygodd a chydiodd mewn darn o haearn oedd yn gorwedd yno. Daeth 'nôl at y drws a'r haearn yn ei law. Edrychai Hywel yn bryderus arno: ofnai fod ei gyfaill ar fin gwneud rhywbeth a fyddai'n ddigon iddo gael ei erlid o'r ysgol. Ac nid oedd ei ofnau heb sail.

Rhoddodd Wil ben cul yr haearn i mewn rhwng y drws a'r ffrâm, a dechrau gwasgu ar y pen arall â'i holl egni. Ni symudodd yr hen ddrws. Yna dechreuodd dynnu wrth fôn yr haearn yn lle gwasgu arno, ac yn awr clywyd clec! Roedd yr hen glo rhydlyd wedi rhoi! Cydiodd Wil yn y glicied ac agorodd y drws. 'Dere!' meddai wrth Hywel a cherddodd i mewn i'r tŷ.

Yn hollol groes i'w ewyllys aeth Hywel ar ei ôl.

Cawsant eu hunain mewn hen gegin flêr. Roedd y papur ar y wal wedi melynu, ac yn hongian yn rhubanau mewn ambell fan. Ond roedd bwrdd yn yr ystafell yma, ac roedd arwyddion fod rhywun wedi bod yno'n ddiweddar. Roedd lludw ffres yn y lle tân, llestri brwnt ar y bwrdd, ôl traed yn y llwch ar y llawr, a chot fawr felen drwchus yn hongian y tu ôl i'r drws.

Edrychodd y ddau mewn braw ar y got fawr felen. Cot dyn mawr oedd hi ac felly, roedd yn bosibl fod y dyn yn y tŷ ar y funud, ac yn fwy na phosibl y byddai'n anfodlon fod dau fachgen wedi torri i mewn i'r tŷ trwy ddryllio'r clo â bar o haearn. Dechreuodd Hywel gilio'n ôl i gyfeiriad y drws ond safai Wil o hyd yn edrych ar y got. Yna tynnodd fotwm lledr o'i boced ac aeth ymlaen ati.

'Hywel!' meddai'n gyffrous. 'Mae botwm yn eisie ar y got 'ma, a dyma fe! Hwn gawson ni yn y coed gerllaw'r plas!'

Cyn i Hywel gael amser i'w ateb daeth y cwyno unwaith eto o rywle yn ymyl.

'Mm-m-m-m! Mm-m-m-m!'

Gwgodd Wil ar y papur wal a safodd gwallt Hywel i fyny'n syth ar ei dalcen.

'Mm-m-m!'

Roedd drws ym mhen pellaf y gegin, ac aeth y bechgyn yn araf ac yn ddistaw tuag ato. Agorodd Wil y drws, er bod ei galon yn curo fel morthwyl nawr. Dychmygai Hywel weld rhyw ddyn mawr garw – brawd Ifan y *chauffeur* efallai – yn cydio yn eu gwarrau. Wedi i Wil agor y drws gwelsant eu bod mewn ystafell fechan, dywyll a dim ond un ffenest fechan, a honno'n uchel yn y mur. Yng nghornel bellaf yr ystafell roedd gwely cul, ac ar y gwely roedd rhywun yn gorwedd! Rhywun yn gorwedd â chadach bawlyd am ei enau, a'i draed a'i ddwylo wedi'u clymu â rhaff.

Prin y gallai'r bechgyn roi coel ar eu llygaid. Ond nid un i aros yn ei unfan yn hir oedd Wil Jones. Wedi aros am funud yn syfrdan aeth ymlaen at y gwely a thynnodd y cadach bawlyd oddi ar wyneb yr un a orweddai yno. Sylwodd y bechgyn nawr mai bachgen tua'r un oed â nhw oedd yn gorwedd ar y gwely, â'i wyneb yn llwyd iawn, ond lle'r oedd ôl coch y cadach tyn ar draws ei foch a'i wegil.

'Pwy ŷch chi?' Hywel a ofynnodd, ac roedd cryndod yn ei lais. Nid atebodd y bachgen ar unwaith. Rhwbiai ei wyneb lle'r oedd y cadach wedi bod yn rhwystro rhediad y gwaed. Pan atebodd, mewn llais bloesg, ni allai Hywel na Wil wneud dim, ond agor eu cegau led y pen a rhythu arno.

'Phil Morgan!'

Bu distawrwydd llethol yn yr ystafell fach, dywyll. Roedd Wil wedi dechrau datglymu'r rhaff oddi ar ei ddwylo, ond safodd nawr a chiliodd 'nôl lathen oddi wrtho.

'Phil Morgan? Phil Morgan ddwedsoch chi?' Nodiodd y bachgen ei ben.

'Ond mae hynny'n amhosib,' meddai Hywel, 'mae Phil Morgan yn yr ysgol gyda ni. Rŷn ni'n 'nabod Phil Morgan yn dda; rŷch chi'n dweud celwydd.'

Cododd y bachgen ar ei eistedd.

'Pa ysgol?' gofynnodd. 'Nid ysgol Plasywernen, iefe?'

'Ie,' meddai Wil Jones, 'ysgol y deuddeg disgybl.'

'Dyna lle dylwn i fod ar hyn o bryd, yn un o'r

deuddeg yna. Mae'n debyg eich bod chi'n gwybod fod un o'r disgyblion wedi methu cyrraedd?'

'Wedi methu cyrraedd?' meddai Wil yn syn, 'Ond mae'r deuddeg yno nawr, neu o leia roedden nhw yno ryw ddwyawr yn ôl – amser cinio. A, gyda llaw, roedd Phil Morgan yno hefyd – y mwnci ag e.'

Agorodd y bachgen ei lygaid led y pen.

'Ond fi yw Phil Morgan! Fi yw Phil Morgan!' Dechreuodd weiddi ac roedd dŵr lond ei lygaid. Roedd yn hawdd gweld ei fod ar fin torri i lawr yn llwyr.

'Os mai chi yw Phil Morgan,' meddai Wil yn rhesymol, 'pwy yw'r Phil Morgan sy gyda ni yn yr ysgol? Mae'n amhosib fod dau Phil Morgan wedi'u dewis i ddod i Blasywernen. Wedi'r cyfan, dim ond deuddeg ydyn ni i gyd. Pe byddai dau John Jones nawr, byddai'n haws gen i gredu. A ellwch chi egluro pam na ddaethoch chi i'r ysgol a chithe wedi'ch dewis? A sut yn y byd y daethoch chi i'r fan hyn? A phwy sy'n eich cadw'n garcharor? Mae gennych chi lawer o bethau i'w hegluro cyn y gallwn ni'ch credu chi.'

Gorweddodd y bachgen 'nôl ar ei wely a golwg ddi-galon, ddryslyd arno, a bu distawrwydd eto am dipyn. Plygodd Wil Jones, serch hynny, i ddatglymu traed a dwylo Phil Morgan. Roedd y rhaffau'n dynn a chafodd Wil gryn drafferth, ond o'r diwedd roedd y bachgen yn rhydd. Cododd oddi ar ei wely, a syrthiodd 'nôl wedyn ar unwaith. Roedd y rhaffau wedi bod ynghlwm yn rhy hir ac nid oedd y gwaed eto wedi cael cyfle i redeg yn iawn. Dechreuodd Wil rwbio'i goesau a'i arddyrnau dolurus. Tra oedd yn gwneud hynny dywedodd y bachgen ei stori ryfedd.

'Yn Abertawe mae fy nghartre i,' meddai, 'a dewiswyd fi i ddod i Blasywernen o Ysgol Heol y Cae. Cychwynnais ar y trên yn gynnar dydd Llun diwetha – mae'n ddydd Sadwrn nawr on'd yw hi?'

Nodiodd Hywel a Wil.

'Wel – i dorri'r stori'n fyr – fe aeth popeth yn hwylus nes dod i orsaf Pant-teg. Wyddoch chi am honno?'

'Dyna'r stesion nesaf at Gwrcoed?' meddai Wil Jones.

'Wel, fe stopiodd y trên ym Mhant-teg a dyma ddyn yn dod ymlaen at y ffenest yn ymyl lle'r own i'n eistedd – dyn tal a chot felen drwchus amdano.'

'Ai chi yw Phil Morgan?' meddai.

'Ie, meddwn inne, a dwedodd fod car Plasywernen y tu allan i'r orsaf. Cydiais yn fy magiau heb amau dim a mynd gydag e. Bu'r car yn teithio am yn agos i awr – trwy lonydd bach cul, gan amlaf, nes dod o'r diwedd at y tŷ yma. Ddwedodd y dyn tal yr un gair ar hyd y daith, ond ar ôl cyrraedd yr hen dŷ hyll 'ma, fe ddechreuais deimlo'n anesmwyth. Roedd rhyw olwg wyllt yn llygaid y dyn erbyn hyn, ac roedd golwg mor unig a distaw ar yr hen dŷ nes gwneud i fi ddechrau ofni fod rhywbeth o'i le. Gofynnais i'r dyn pam roedd e wedi stopio. Yn lle ateb, cydiodd ynof yn drwsgl, ac aeth â fi i mewn i'r tŷ. Roedd yma ddyn arall yn ein disgwyl. Roedd gweld hwnnw'n ddigon i godi ofn ar unrhyw un. Rhyw gorila o ddyn! Mae hwnnw wedi bod yma droeon wedi hynny ac wedi fy nharo fwy nag unwaith – y mwnci!'

'Ond rwy'n crwydro. Dwedodd y dyn â'r got felen wrtho' i na ddeuai dim drwg i fi ond i fi fod yn dawel a gwneud yr hyn a ofynnai ef imi. Dechreuais brotestio a dweud y byddai Doctor Puw yn fy nisgwyl i yn yr ysgol.

Edrychodd y ddau ar ei gilydd pan ddwedais i hyn, a chwarddodd y gorila dros y lle i gyd, fel pe bai'n cyfri hynny'n jôc dda iawn. Does gen i ddim llawer rhagor i'w ddweud. Maen nhw wedi fy nghadw i yma am wythnos ac mae'r gorila wedi rhoi bwyd i fi – rhyw fath o fwyd beth bynnag – ac mae'r dyn â'r got felen wedi 'ngorfodi i sgrifennu llythyr at Mam i ddweud fod pethau'n mynd yn iawn yn ysgol Plasywernen. Wn i ddim beth yw'r gêm o gwbwl, ond rwy'n sobor o falch o'ch gweld chi'ch dau! Gadewch i ni ddianc o'r lle 'ma cyn gynted ag y medrwn ni, rhag ofn y daw'r gorila'n ôl. Mae e'n dod mor ddistaw â chath pan fydd e'n dod.'

'Ie,' meddai Wil, 'rhaid i ni beidio gwastraffu dim amser ffordd hyn. Ond dyma'r dirgelwch rhyfedda! Os mai chi yw Phil Morgan, yna nid Phil Morgan yw'r Phil Morgan sydd wedi bod ym Mhlasywernen drwy'r wythnos. Os yw hynny'n wir, pwy yw'r gwalch 'na sy yn yr ysgol? A beth yw 'i gêm e? A pham aeth y dyn â'r got felen i'r drafferth i ddod â chi yma a'ch cadw'n garcharor? Rhaid mai er mwyn i rywun gael mynd i'r ysgol yn eich lle chi! A! Dyna fi wedi'i tharo hi! Er mwyn i rywun gael mynd i'r ysgol yn eich lle chi! Ond i beth? Er mwyn i hwnnw gael ei ddysgu gan Doctor Puw? Na choelia i fawr. Mae 'na ryw reswm arall. Y trysor? Ŷch chi ddim yn meddwl fod gan y trysor rywbeth i'w wneud â'r peth? Mae 'na drysor ym Mhlasywernen – wedi bod ar goll ers canrifoedd. Ŷch chi ddim yn meddwl fod y dynion 'ma wedi dod i wybod ym mhle mae e, ac yn methu mynd ato am fod y Doctor wedi prynu'r Plas?'

Gwenodd Hywel wrth glywed Wil yn ymresymu.

'Wil bach, gad hi nawr. Gadewch i ni fynd o'r lle 'ma a 'nôl i'r Plas. Fe fydd hi'n go dwym ar y boi 'na sy'n galw'i hunan yn Phil Morgan pan awn ni'n ôl. Dewch.'

Am unwaith roedd Wil yn fodlon gwrando, ac aeth y tri bachgen allan o'r ystafell fach dywyll ac i'r gegin. Edrychodd Wil unwaith eto ar y got y tu ôl i'r drws. Aeth ati a dechrau chwilio'i phocedi. Nid oedd dim yn y ddwy boced fawr oedd y tu fas, a dechreuodd Wil chwilio'r pocedi y tu mewn.

'Dere, Wil, gad i ni fynd,' meddai Hywel yn ddiamynedd.

'Aros, beth yw hwn?' Tynnodd Wil ddarn o hen bapur melyn allan o un o bocedi'r got fawr ac aeth ag ef i'r bwrdd. Nid oedd ond darn bach, rhyw bedair modfedd sgwâr ac roedd yn frau iawn ac yn llwyd-felyn fel hen femrwn. Roedd rhywbeth wedi'i ysgrifennu arno! Plygodd y tri bachgen uwch ei ben, ac aeth pob meddwl am ddianc yn angof am y tro. Roedd yr inc yn aneglur iawn a bron yr un lliw â'r papur, ond medrent ddeall yr ysgrifen hefyd. Rhigwm oedd ar y papur.

Nid ar y llofft

Ac nid ar y llawr,

Dan y seithfed gris

Mae trysor mawr.

Edrychodd y bechgyn ar ei gilydd yn syn!

'Roeddwn i'n iawn wedi'r cyfan!' gwaeddodd Wil Jones, 'Trysor Plasywernen! Dyna sydd wrth wraidd y busnes 'ma! Mae'r cyfan yn glir i fi nawr! Mae 'na rywun wedi dod o hyd i'r papur 'ma yn rhywle, ac er mwyn cael cadw llygad ar y trysor, mae e wedi hala bachgen yno yn lle Phil Morgan, gan dwyllo'r Doctor mai Phil ei hunan yw e! Ac mae'r dihirod wedi bod yn tyllu o dan risiau'r Plas yn barod! A gawson nhw'r trysor tybed? O, rwy'n gweld y cwbwl nawr! Wyt ti'n cofio'r sŵn yn y nos, Hywel? Sŵn ffenest Phil – neu'r boi arall 'na ddylwn i ddweud – yn agor? Wyt ti'n cofio'r ddau ddyn ar y lawnt am ddau o'r gloch y bore? Ac wrth gwrs mae Ifan yn y busnes heb os nac oni bai. O, fe fydd gen i stori dda i'w dweud wrth Sarjant Tomos pan a' i 'nôl!'

'DWYT TI DDIM YN MYND 'NOL, 'MACHGEN I!'

Trodd y tri bachgen mewn dychryn. Yn nrws y gegin safai dyn tal â phistol yn ei law.

Pennod 6

Cawsai Tomos y Polîs ddiwrnod digon prysur a thrafferthus rhwng popeth a'i gilydd. Roedd yr hyn a ddigwyddodd ym Mhlasywernen ynddo'i hunan yn ddigon, ond roedd pethau eraill wedi dod i flino Tomos hefyd.

Cawsai achwyniad oddi wrth Mrs Williams y Post fod plant wedi bod yn dwyn y ''fale coch cynnar' oddi ar y goeden wrth dalcen y tŷ. Roedd Mrs Williams yn gacwn gwyllt!

'Mae'n rhaid i chi'u dala nhw, Tomos! Wn i ddim be sy ar blant yn yr oes 'ma! Ma'n nhw wedi mynd yn hollol anwaraidd, a'ch busnes chi, fel plismon yw 'u dala nhw. Pam na 'newch chi rywbeth? Fe fydd y tacle bach yn torri i mewn i'r Post Offis nesa, ac yn dwyn y cwbwl!'

'Ŷch chi'n siŵr mai'r plant sy wedi'u dwyn nhw?' gofynnodd Tomos yn dawel.

'Yn siŵr? Wrth gwrs 'mod i'n siŵr! Pwy arall fyddai'n ddigon haerllug i wneud y fath beth? Nawr rwy'n disgw'l y byddan nhw'n cael eu cosbi. Fe ddigwyddodd yr un peth llynedd o'r bla'n. Caton pawb! Dwy'i ddim wedi cael profi afal coch cynnar o'r goeden ers dwy flynedd. Os ŷch chi'n credu 'mod i'n tyfu coed 'fale i borthi tacle plant y pentre 'ma, rŷch chi'n camgymryd, Tomos.'

A dyna lle bu Mrs Williams yn taranu am amser a

Tomos y Polîs yn gorfod gwrando'n amyneddgar arni. A dweud y gwir, nid oedd Tomos yn cyfrif dwyn afalau – yn enwedig ''fale coch cynnar' – yn drosedd fawr iawn, a'r diwrnod hwnnw roedd ganddo bethau eraill, mwy pwysig, ar ei feddwl. Roedd Tomos ei hunan wedi dwyn afal bach neu ddau pan oedd e'n grwt, ond roedd yn barod i gyfaddef hefyd mai ei fusnes e oedd ceisio rhoi stop ar ladrata afalau yng Nghwrcoed. Oedd, roedd Tomos y Polîs yn ddyn eithaf teg; dyna pam y gwrandawai mor amyneddgar ar Mrs Williams yn ei 'dweud hi'.

'Ie – wel – dewch chi, mi wna i ymholiadau, Mrs Williams,' meddai Tomos wrth droi i fynd tua thre.

'A gobeithio y daw rhywbeth o'ch ymholiade chi'r tro 'ma, Sarjant,' gwaeddodd yr hen Mrs Williams bigog ar ei ôl.

*   *   *

Ond nawr roedd Tomos gartref yn cael swper gydag Elen ei wraig ac roedd hi'n saith o'r gloch y nos.

'Elen fach,' meddai Tomos rhwng dwy ddracht o de, 'dyma beth yw dydd Sadwrn cyffrous. Mae Cwrcoed bron â mynd cynddrwg â Chaerdydd! Fe gei di weld y bydd rhaid i ni chwilio am le bach mwy tawel eto! Rhwng yr helynt yn y Plas a ''fale coch cynnar' Leisa Williams y Post a phopeth, ryw'n teimlo wedi blino braidd.' Ac ochneidiodd Sarjant Tomos cyn mynd ymlaen â'i swper. Gwenodd ei wraig yn siriol arno; fe wyddai hi'n burion fod ei gŵr yn mwynhau tipyn o helynt yn awr ac yn y man.

'Dyna beth rhyfedd ddigwyddodd yn y Plas ontefe?'

'Ie, Elen, rhyfedd iawn. Wyddost ti, rwy'n ofni mai dechrau mae'r gofidiau yn y Plas. Rwy'n teimlo'n siŵr fod helynt y trysor 'na wedi dechrau eto. Mae'r Doctor yn credu'n siŵr mai un neu ragor o'r bechgyn sy'n gyfrifol ac mae e'n 'u bygwth nhw'n gas. Ond pan aeth y bechgyn i gyd i lawr i'r pentre'r prynhawn 'ma, fe ges i gyfle i edrych o gwmpas yn ofalus ac fe wnes i ddarganfyddiad go bwysig.'

Aeth y Sarjant ymlaen yn bwyllog iawn nawr.

'O dan ffenest ystafell wely un o'r bechgyn roedd yna ôl ysgol yn y borfa. Ac fe welais ôl troed dyn ar sil ffenest ystafell yr un bachgen. Nawr, fe all hynny olygu fod pwy bynnag a wnaeth y difrod ar y grisiau wedi dod i mewn trwy ffenest y bachgen yma pan oedd y crwt yn cysgu. Felly mae'n amlwg fod 'na berygl mewn peth fel'na. Beth ta'r bachgen yn dihuno pan oedd y lleidr yn 'i stafell e? Fe allai'r drwgweithredwr ymosod arno a gwneud niwed iddo er mwyn cael cyfle i ddianc. Oes, Elen, mae 'na berygl ym Mhlasywernen nes bydd y mater yma wedi'i setlo. Gyda llaw, ble mae'r camera?'

'O, mae hwnnw'n cael dod mas ydy e?' Gwenodd Elen unwaith eto ar ei gŵr, oherwydd cofiai fod y camera bach wedi bod o help fwy nag unwaith iddo pan oedd yn blismon ifanc addawol yng Nghaerdydd.

'Wel, Elen, fe garwn i dynnu llun yr Ifan 'na sy yn y Plas. Mae rhyw feddwl gen i y gall fod record amdano gan y Polîs, a phe bawn i'n gallu hala'i lun e i'r Inspector yng Nghaerdydd efalle y gallai roi tipyn o'i hanes inni. Oes 'na ffilm yn y camera?'

Cyn i Elen gael amser i'w ateb, dyma gloch y ffôn yn canu'n uchel. Aeth Tomos at y teclyn ar unwaith.

'Hylô! Pwy? O chi, Doctor Puw sy 'na? Oes rhywbeth o'i le? Beth? Heb ddod yn ôl i swper? Hawyr bach! Ond falle 'u bod nhw wedi cael eu gwahodd i swper gan rywun yn y pentre. Ie, wrth gwrs. Wel, mi fydda i yna gyda chi 'mhen deng munud, Doctor. Yn y cyfamser ffoniwch chi'r Post Offis a'r Siop i holi a oes rhywun wedi'u gweld nhw.'

Gosododd Tomos y ffôn i lawr a throdd at ei wraig gan ysgwyd ei ben.

'Rown i'n meddwl wir mai dim ond dechrau roedd yr helyntion yn y Plas. Doctor Puw oedd ar y ffôn. Mae dau o'r bechgyn heb ddod 'nol i swper. Mae'n debyg fod y bechgyn i gyd wedi mynd lawr i'r pentre heddi – eu dydd Sadwrn cyntaf yn y lle; a dim ond deg ddaeth 'nôl i swper. Rhaid i mi fynd draw i'r Plas ar unwaith. Wrth gwrs, efalle nad oes dim yn y peth.'

Pan gyrhaeddodd y Sarjant Blasywernen roedd y cloc mawr yn y neuadd yn taro wyth o'r gloch. Gwelodd ar unwaith fod pawb yn y neuadd, y plant – deg ohonynt – y Metron, Ifan a'r Doctor.

Sylwodd hefyd fod golwg gynhyrfus ar bawb. Doctor Puw siaradodd gyntaf.

'A! Sarjant, dyma chi wedi dod. Dyma beth ofnadwy, ontefe? Ond efalle ein bod ni'n pryderu gormod, cofiwch. Mae'n bosib – un o'r plant roddodd yr eglurhad yma i mi – Phil Morgan 'ma: mae'n bosib mai'r ddau yma sydd ar goll oedd yn gyfrifol am dorri'r grisiau a'u bod nhw'n awr wedi dianc i rywle wedi gweld 'mod i wedi galw'r Polîs i mewn. Mae'n rhaid cyfadde 'mod i wedi cael trafferth gyda'r ddau o'r blaen. Beth bynnag am hynny, fe fydd rhaid dod o hyd iddyn nhw, a'ch gwaith chi yw hynny, Sarjant, ac fe rown ni yma bob cymorth i chi. Os na fyddan nhw yma cyn y bore fe fydd rhaid i mi roi gwybod i'w rhieni. O dier, dier, dyma ddigwyddiad ofnadwy, a hynny yn fy ysgol newydd i!'

Dechreuodd Tomos holi'r plant, ond nid oedd un ohonynt wedi gweld cip ar Wil a Hywel ar ôl cinio; doedd neb yn siŵr eu bod nhw wedi mynd i gyfeiriad y pentref o gwbl. Dywedodd y Doctor ei fod wedi ffonio'r Siop a'r Post ond doedd neb wedi'u gweld nhw, er i Mrs Williams y Post awgrymu mai nhw fu'n dwyn y ''fale coch cynnar' o'r goeden wrth dalcen y tŷ.

*   *   *

'DWYT TI DDIM YN MYND 'NOL, 'MACHGEN I!' meddai'r dyn â'r gwn unwaith eto. Edrychodd y tri bachgen ar y gwn ac yna ar y dyn. Gwyddent ar unwaith fod dianc yn amhosibl. Gwyddent hefyd eu bod wedi mynd i afael rhywun na fuasai'n meddwl ddwywaith ynglŷn â'u saethu pe ceisient ruthro drwy'r drws.

'Felly,' meddai'r dyn, gan gerdded yn araf i mewn i'r gegin, 'rydych chi wedi bod yn ddigon ffôl i roi'ch trwynau yn fy musnes i. Fe gewch chi gyfle nawr i ddysgu nad yw hynny'n talu'r ffordd. Rydych chi'n gwybod gormod, bob un ohonoch chi. Mae hynny'n anffodus – i chi, beth bynnag. Fe wyddoch, mae'n debyg, 'mod i wedi darganfod cliw pwysig am drysor Plaswernen, a hwyrach eich bod chi'n methu deall sut des i o hyd i'r wybodaeth. Wel, gan na chewch chi byth gyfle i ddefnyddio'r wybodaeth yn fy erbyn, fe ddweda i wrthoch chi. Rwy'n gefnder i Syr Watcyn Llwyd Plasywernen – fi yw dafad ddu'r teulu mae'n debyg.'

Chwarddod y dyn tal, y fath chwerthiniad ag a greai ofn ar y dewraf. 'Mae'r Llwydiaid wedi fy ngwrthod a 'ngwawdio i ar hyd y blynyddoedd, ond yn rhyfedd iawn – ar ddiwrnod yr Ocsiwn yn y Plas, fi brynodd y llyfr mwyaf gwerthfawr yn y lle, a hynny am saith swllt a chwech! Hen Feibl oedd e ac wedi'i sticio'r tu mewn i'r clawr roedd yr hen rigwm bach 'na oech chi'n ddarllen pan ddes i i mewn. Ha! Ha! Mae'n ddoniol i feddwl, pe bai Llwydiaid Plasywernen wedi rhoi mwy o sylw i'w Beibl yn y gorffennol, y bydden nhw wedi dod o hyd i'r trysor ers llawer dydd.'

'Paid symud!' meddai'n sydyn pan welodd Hywel yn rhoi 'i law ar fwrdd y gegin. 'Mae'r gwn bach 'ma'n siŵr o'i ergyd.'

Edrychodd o un i'r llall yn fileinig, yna aeth ymlaen â'i stori.

'Ie, fi gafodd y llyfr hollbwysig a thrwyddo rwy'n mynd i gael trysor enwog Plasywernen. Ar ôl i mi ddarganfod y rhigwm, roedd yn rhaid cael rhywun yn y Plas i'm helpu. Trwy lwc roedd gen i fab a oedd mor ddig â minne wrth Syr Watcyn, a hwnnw sy'n ddisgybl i Doctor Puw yn awr yn eich lle chi, Phil Morgan. Hwnnw hefyd sy'n agor y ffenest i mi fynd i mewn pryd y mynnaf. Roeddwn wedi meddwl ar y dechrau y byddai Ifan yn medru gwneud y gwaith hwnnw, ond cefais siom pan ddes i i wybod y byddai'n rhaid i hwnnw gysgu allan uwchben y garej. Ond fel mae'n digwydd fe weithiodd pethau'n iawn. Yr unig beth sydd ar ôl yw cael hyd i'r trysor. Fe fethais unwaith. Nid oedd y trysor dan y seithfed gris o'r llawr, ond falle mai'r seithfed gris o'r llofft a olygai'r hen Syr Gwallter. Fe gawn ni weld ymhen diwrnod neu ddau.'

'Be sy'n mynd i ddigwydd i ni?' gofynnodd Wil Jones a'i lais yn crynu.

Chwarddodd y dyn. 'Fel mae'n digwydd mae 'na hen seler ddofn i'r tŷ 'ma. Fe fyddwch yn ddiogel yno am ddeuddydd o leia. Wrth gwrs fedra i ddim eich bwydo chi yno, ond eich busnes chi yw hynny. Fe ddylech chi fod wedi meddwl am y pethau hyn cyn rhoi'ch trwynau i mewn o gwbwl. Am faint all dyn fyw heb fwyd a dŵr? Wn i ddim yn iawn, ond fe gewch chi siawns i wybod. Trowch ac ewch i mewn i'r stafell nesa.'

Trodd y tri bachgen yn ufudd ac aethant o flaen y dyn â'r gwn i mewn i'r ystafell fach dywyll lle bu Phil yn garcharor.

'Stopiwch! Nawr peidiwch â symud tra bydda i'n codi'r garreg ma.'

Plygodd y dyn a thynnodd gyllell gref o'i boced a chyn pen winc gwelodd y bechgyn garreg fawr yn y llawr yn dechrau codi. A'r funud honno y penderfynodd Wil Jones ei bod hi'n bryd gwneud rhywbeth. Tra oedd llygaid y dyn am funud ar y garreg neidiodd Wil amdano. Disgynnodd ar ei war ac aeth y ddau lawr yn bendramwnwgl. Safai'r ddau arall â'u cegau ar agor yn gwylio'r frwydr.

'Rhedwch,' gwaeddodd Wil o'r llawr, 'mi fydda i'n iawn.'

Ond ni allai'r un o'r ddau symud. Yna fflachiodd y gwn yn yr ystafell fach dywyll a llanwyd gwacter yr hen

dŷ gan sŵn yr ergyd. Bu'r sŵn yn sbardun i Hywel a
Phil. Heb feddwl rhagor rhedasant nerth eu traed am y
gegin. Ond nid aethant ymhellach na'r drws. Yno, am un
eiliad, gwelodd Hywel wyneb hyll Ifan y *chauffeur*. Yr
eiliad nesaf disgynnodd rhywbeth trwm ar ei ben ac aeth
y byd i gyd yn dywyll. Bu Wil Jones yn y frwydr
ychydig yn hwy. Pan welodd fflach y gwn mor agos i'w
wyneb meddyliodd ei fod wedi'i saethu, a synnodd ei
fod yn medru gweld a meddwl o hyd. Safodd am eiliad
yn berffaith lonydd, a bu'r eiliad honno'n ddigon.
Gwelodd y dyn â'r gwn ei gyfle. Roedd pen Wil yn agos
at ei law dde, ac yn honno roedd y gwn. Cododd hi a
disgynnodd y metel ar gorun Wil.

* * *

Agorodd Hywel ei lygaid a meddyliodd am funud ei fod
yn ddall, oherwydd ni allai weld dim ar ôl eu hagor.

'O-O-O!' ochneidiodd ar ei waethaf ei hun, gan fod ei
ben yn ddolurus ofnadwy. Yna darganfu na allai symud
ei ddwylo na'i draed. Roedd wedi'i glymu. Yna
meddyliodd y carai weiddi ar Wil. Ond ni allai wneud
dim ond rhyw sŵn bach yng nghorn ei wddf. Rhyw 'm-
m-m-m' yn unig a ddaeth oddi wrtho. Roedd cadach am
ei enau hefyd. Ni ŵyr neb ond y sawl a gafodd y profiad
mor ddiymadferth y teimla rhywun a glymwyd fel y
clymwyd Hywel. Gorweddodd 'nôl ar y llawr anwastad
gydag un ochenaid arall a chaeodd ei lygaid mewn
anobaith llwyr. Yna fe glywodd 'mmm-m-mm' arall yn
ei ymyl! O! dyna gysur oedd gwybod fod ganddo gwmni
yn y lle erchyll hwnnw!

Ai Wil Jones oedd yno, ynte'r Phil Morgan newydd? Neu'r ddau? Ni wyddai. Nid oedd llygedyn o olau i weld dim; nid oedd siawns gweiddi i gael gwybod; nid oedd dim amdani ond gorwedd yno yn y tywyllwch, a disgwyl i rywbeth ddigwydd. Aeth amser heibio, a rhaid bod Hywel wedi cysgu rhywfaint, oherwydd darganfu'n sydyn fod rhywun yn cyffwrdd â'i goes. Oni bai am y cadach am ei enau buasai wedi gweiddi'n uchel yn ei ddychryn. Yna clywodd anadlu trwm yn agos ato a sŵn rhywun yn ei lusgo'i hun ar hyd y llawr anwastad. 'Mm-m-m!' meddai rhywun yn ei ymyl, a deallodd fod naill ai Wil neu Phil Morgan yn ceisio tynnu'i sylw. Yna teimlodd rhywun yn gorwedd yn ei ymyl a rhywbeth caled yn gwasgu yn erbyn ei law dde. Ni ddeallodd Hywel beth ydoedd am dipyn. Yna sylwodd mai hirgrwn oedd beth bynnag a wasgai yn erbyn ei law. Rhedodd ei fysedd ar hyd-ddo a heibio iddo a deallodd mewn fflach mai ei lamp fach ef ei hunan oedd hi! Sut yn y byd? Yna daeth popeth yn glir yn ei feddwl! Wil Jones oedd yn gorwedd yn ei ymyl ac roedd yn ceisio cael gan Hywel roi'i law ym mhoced ei got i dynnu'r lamp allan! Druan o'r hen Wil annwyl! Roedd wedi mynd â'r lamp fach o'r bwrdd yn ystafell wely Hywel heb ddweud yr un gair wrtho! Gwyddai Wil y byddai ef yn siŵr o ddychryn a gwrthod mynd gydag ef pe dywedai ei fod am fynd â'r lamp fach. Nawr, diolch byth, roedd y lamp fach ym mhoced Wil, ac roedd yn rhaid iddo ef – Hywel – ei thynnu allan gan fod dwylo Wil wedi'u rhwymo hefyd yn ôl pob tebyg. Nid gwaith hawdd oedd dod o hyd iddo gan fod pwy bynnag a'u clymodd wedi gwneud gwaith trwyadl. Fe gafodd Hywel afael yng ngenau'r boced, ond

ni allai yn ei fyw gael ei fysedd i mewn iddi. Yna
dechreuodd wthio'r lamp i fyny o waelod y boced. Yn
araf bach daeth yn nes at enau'r boced. Yna cwympodd
allan i'r llawr rhwng Wil ac yntau. Wil gafodd afael
ynddi o'r llawr a chyn pen winc roedd ei golau'n llanw'r
ystafell! Gwelodd Hywel Wil Jones yn gorwedd ar ei
wyneb ar y llawr yn ei ymyl – roedd yn rhaid iddo
orwedd felly i oleuo'r lamp fach gan fod ei freichiau
wedi'u clymu y tu ôl i'w gefn. Gwelodd Hywel hefyd y
bachgen a'i galwai'i hun yn Phil Morgan – y bachgen a
fu'n garcharor o'r blaen – yn gorwedd ychydig ymhellach
oddi wrtho yntau wedi'i glymu, law a throed a genau.
Yna edrychodd o'i amgylch! Roedd llaid a chŵyr cor ym
mhob man! Wedyn gwelodd rywbeth yn disgleirio yn y
gwyll ac aeth ias oer dros ei gefn wrth sylweddoli mai
llygod mawr oedd yno! Gwelodd y cyrff llwydion yn
gwau drwy'i gilydd. Rhaid bod yno ddwsin neu ragor!
Yna aeth y golau allan. Disgynnodd y tywyllwch
unwaith eto fel clawr ar lygaid Hywel, a chyda'r
tywyllwch daeth yr hen anobaith yn ôl. Clywodd Wil
Jones yn symud yn ei ymyl, ac yna roedd genau Wil yn
ymyl ei law – yn rhwbio yn ei law. Deallodd Hywel ei
fod am iddo geisio tynnu'r cadach oddi ar ei wyneb ac
aeth ati ar unwaith i geisio gwneud. Cafodd afael yn
ymyl y cadach yn agos i drwyn Wil a dechreuodd dynnu.
Ond yn ofer; roedd y cadach wedi'i rwymo'n rhy dynn
iddo'i symud. Teimlodd ewin ei fys yn ysgythru wyneb
ei gyfaill a rhaid ei fod wedi tynnu gwaed, oherwydd
clywodd Wil yn rhoi ochenaid fer. Yna roedd Wil wedi
symud oddi wrtho. Clywai ef yn ei lusgo'i hun ar hyd y
llawr yn araf i gyfeiriad Phil Morgan. Dechreuodd

Hywel ymlusgo ar ei ôl i'r un cyfeiriad. O'r diwedd roedd y tri'n ymyl ei gilydd ar y llawr, ac yn sydyn roedd Wil wedi gwthio'r lamp fach i law Hywel. Nawr, tro hwnnw oedd gorwedd ar ei wyneb a fflachio'r lamp. Gwnaeth hynny, ac er na fedrai ei weld gwyddai fod Wil Jones yn mynd i geisio cael y cadach oddi ar wyneb Phil.

Aeth amser heibio heb i ddim ond ambell anadliad trwm dorri ar y distawrwydd. Teimlai Hywel yn boenus drosto, a gwyddai na allai aros yn y fan honno lawer yn hwy gan fod y llawr anwastad yn torri'i benliniau. Yna clywodd lais! Llais Phil Morgan! Roedd yr hen Wil wedi llwyddo i gael y cadach oddi ar ei wyneb!

'O! Rwy'n gleisiau i gyd! O!' meddai Phil. 'Mae'n debyg ein bod ni yn y seler, bois. Ych a fi! Dyma beth yw lle! Wyddech chi fod 'na lygod mawr yma? Roedd un yn cerdded dros fy nghorff i gynnau fach. Ond rhaid i fi'ch helpu chi'ch dau i gael y cadachau 'ma i ffwrdd.'

Aeth y golau allan eto. Roedd Hywel wedi dal hyd yr eithaf.

'Aros di, Wil. Mae gen i ddannedd da iawn. Fydda i ddim yn hir yn datglymu'r cadach 'na. Ga i ychydig o olau eto, Hywel, os gwelwch chi'n dda?'

Ochneidiodd Hywel druan, ond trodd ar ei wyneb unwaith eto a fflachiodd olau ar y ddau yn ei ymyl.

'Dyma fe, fydda i'n iawn nawr, ar ôl cael gafael ar y cwlwm. Fe allwch chi ddiffodd y golau,' meddai llais Phil, ac ni bu Hywel yn falchach o glywed dim erioed.

Bu distawrwydd am amser hir: gorweddai Hywel ar ei ochr ar y llawr anwastad ac erbyn hyn roedd pob gewyn o'i gorff yn brifo. Ceisiodd ddyfalu faint o siawns oedd ganddynt i ddod allan o'r twll tywyll hwnnw'n fyw. A oedd hi'n bosibl y byddai'r dihirod yn trugarhau ar y funud olaf ac yn dod i'w rhyddhau? Ni allai deimlo'n obeithiol o gwbl. Neu, tybed na ddeuai Tomos y Polîs o hyd iddyn nhw mewn rhyw ffordd? O gofio'r olwg wirion ar wyneb y Sarjant, ni allai Hywel weld fod unrhyw obaith o'r cyfeiriad hwnnw. Yr unig siawns oedd y gallai Wil Jones wneud rhywbeth. Roedd Wil yn ddigon dewr ac yn ddigon chwim ei feddwl pan fyddai angen, ond methai Hywel yn ei fyw a gweld fod hyd yn oed hwnnw yn mynd i'w hachub o'r trybini ofnadwy yma. Yna, daeth llais ato drwy'r tywyllwch.

'O, diolch, Phil 'y machgen gwyn i! Dyna fi'n medru siarad unwaith eto beth bynnag. Nawr am yr hen Hywel. Mae arna i awydd clywed 'i lais melys e unwaith eto. Hei, fechgyn, wn i ddim a ŷch chi wedi sylwi, ond rwy'n ofni'n bod ni mewn tipyn bach o bicil. Ond fe allai fod yn waeth. Mae gyda ni olau beth bynnag, ac os galla i gael 'y nhraed a 'nwylo'n rhydd eto fe setla i gownt â'r tacle 'na 'to, fe gewch chi weld.'

Gwyddai Hywel fod Wil yn siarad felly er mwyn codi'i galon ef a'r bachgen arall, ac yn wir fe lwyddodd hefyd. Funud ynghynt ni welai Hywel fod ganddynt siawns o gwbl; ond nawr â Wil Jones yn medru siarad ag ef a'i gysuro, teimlai nad oedd pethau mor anobeithiol wedi'r cyfan. Wedyn roedd Wil yn ei ymyl a'i ddannedd yn gafael yn y cwlwm ar y cadach.

Pennod 7

Nôl ym Mhlasywernen roedd pethau'n digwydd. Daeth
bore Sul heb sôn am y ddau fachgen a aeth ar goll mor
sydyn ac annisgwyl. Erbyn hyn aeth y newydd drwy
bentref Cwrcoed fel tân gwyllt, ac roedd pawb yn siarad
am y peth, a phawb yn ceisio dyfalu beth allai fod wedi
digwydd iddynt. Sibrydai rhai eu bod wedi cael eu cosbi
gan y Doctor ac wedi mynd adref oherwydd hynny.
Roedd Mrs Williams y Post yn hollol sicr erbyn hyn mai
nhw oedd wedi dwyn y ''fale coch cynnar' a barnai fod
rhyw gosb wedi disgyn arnyn nhw am eu drygioni.
Roedd pawb o'r un farn na allai Tomos y Polîs byth ddod
o hyd iddyn nhw, ble bynnag yr oedden nhw. Druan â
Doctor Puw! Nid oedd wedi bod yn ei wely'r noson gynt
a nawr roedd ei lygaid yn goch a'i wedd yn welw gan
ofid a blinder. Erbyn amser cinio gwyddai y byddai rhaid
iddo roi gwybod i'r rhieni cyn bore trannoeth. Roedd yn
rhaid iddo yntau a'r Sarjant gael gwybod a oedden nhw
wedi mynd adref ai peidio. Felly tua deuddeg o'r gloch
ffoniodd Tomos unwaith eto. Nid oedd hwnnw gartref ac
Elen ei wraig a atebodd.

'Ydy'r Sarjant 'na, Mrs Tomos?'

'Na wir, Doctor, dyw e ddim yma ar hyn o bryd.'

'Wyddoch chi ble mae e, Mrs Tomos? Mae'r mater yn
bwysig.'

'Wel fe aeth e mas y bore 'ma â'i gamera. Ddwedodd
e ddim i ble'r oedd e'n mynd na phryd bydde fe'n ôl!'

76

'Mas â'i gamera!' Fe gollodd y Doctor ei dymer.
'Gwarchod y byd, ydy'r dyn wedi drysu? B-b-b-beth
mae e'n feddwl wrth fynd â'i gamera obeutu'r lle ar
amser fel hyn! Mae'n ddrwg gen i, Mrs Tomos, ond fe
fydd rhaid i fi achwyn wrth yr awdurdodau. Mae dau o
fechgyn yr ysgol 'ma ar goll er prynhawn ddoe, a'r cyfan
y gall eich gŵr ei wneud yw mynd allan i dynnu lluniau!
Caton pawb! Mae'r peth yn warthus!'

*   *   *

Pe gwyddai'r Doctor, roedd y Sarjant o fewn dau can
llath iddo pan oedd yn taranu ar y ffôn. I ddweud y gwir,
roedd yn y coed y tu draw i lawnt y Plas. Bu yno ers dwy
awr a rhagor, yn ymguddio yn y drysi a'r rhedyn crin yn
agos i'r llwybr bach a arweiniai i Ddôl-nant. Ac roedd
Elen wedi dweud y gwir ei fod wedi mynd â'i gamera
gyda ef, waeth roedd y teclyn hwnnw yn ei law nawr.
Dyn amyneddgar oedd y Sarjant, ac nid oedd y ffaith ei
bod hi'n amser cinio yn mennu dim arno. Gorweddai yn
ei guddfan yn disgwyl, disgwyl.
    Am hanner awr wedi deuddeg i'r funud, clywodd
chwibaniad isel o gyfeiriad clawdd y Plas. Edrychodd
drwy'r drain a'r rhedyn a gwelodd Ifan y *chauffeur* yn
dod yn llechwraidd ar hyd y llwybr tuag ato, ac yna
gwelodd fod dyn tal yn dod ar hyd y llwybr o gyfeiriad
arall, i gwrdd ag ef. Gweddïodd Sarjant Tomos yn
ddistaw eu bod yn mynd i gwrdd â'i gilydd yn weddol
agos i'w guddfan. Nid ar siawns roedd wedi dewis y
guddfan honno. Ar y llwybr o'i flaen gwelsai arwyddion
fod rhywrai wedi bod yn cwrdd yn y fan honno o'r

blaen. Atebwyd ei weddi. Daeth y ddau i gwrdd â'i gilydd yn union o flaen y lle'r ymguddiai, a thua decllath oddi wrtho.

'Wel?' meddai'r dyn tal, gan edrych yn fileinig ar Ifan.

'Sh!' meddai Ifan gan edrych yn wyllt dros ei ysgwydd, 'rhaid i mi fynd 'nôl ar unwaith, neu fe fydd y Doctor yn dechrau amau. Rwy'n meddwl 'i fod e wedi ffonio rhyw bum munud 'nôl i mofyn y tipyn Sarjant 'na; felly alla i ddim aros dim. Mae 'na dipyn o gyffro yn y Plas ynglŷn â'r ddau fachgen 'na. Efalle na ddylen ni ddim bod wedi . . .'

'Fi sydd i benderfynu hynny, Ifan, ac nid ti.' Edrychodd y dyn tal yn ffiaidd ar Ifan, a bu distawrwydd rhyngddynt am funud. Roedd Tomos y Polîs yn glustiau i gyd, er ei fod yn gorwedd yn berffaith lonydd yng nghanol y rhedyn a'r drain. Yna, dechreuodd y dyn tal ddweud rhywbeth arall. Gwelai'r Sarjant ei wefusau'n symud ond roedd wedi gostwng ei lais nawr ac ni allai'r gwrandawr cudd glywed dim. Ond fe gredodd iddo glywed y dyn yn sôn rhywbeth am yr 'hen dŷ'. Yna torrodd brigyn crin o dan y Sarjant a chyrhaeddodd y sŵn y ddau ar y llwybr. Trodd y ddau'n wyllt i gyfeiriad y sŵn a'r funud honno y defnyddiodd Sarjant Tomos ei gamera bach.

'Glywsoch chi sŵn?' gofynnodd Ifan.

'Do, cwningen neu lygoden, falle. Well i ni fynd rhag ofn y daw rhywun a'n gweld ni gyda'n gilydd.'

Aeth Ifan yn frysiog nôl tua'r Plas, ac aeth y dyn tal i'r cyfeiriad arall. Ymhen pum munud daeth y Sarjant allan o'i guddfan a rhoddodd ei gamera bach yn ddiogel yn ei boced, ac er bod ei gorff trwm yn boenus ar ôl bod yn gorwedd yn yr unfan cyhyd, roedd gwên fach ar ei wyneb.

'Yr hen dŷ? A glywais i e'n dweud yr hen dŷ, tybed? Ie, rwy'n meddwl mai dyna ddwedodd e. Yr hen dŷ? Plasywernen neu Ddôl-nant, neu rywle arall? Dôl-nant! Ie, fe fydd rhaid i mi roi tro bach am Ddôl-nant.'

Cerddodd y Sarjant yn freuddwydiol tua thre, ac wrth fynd clywai sŵn modur yn cychwyn ar y ffordd fawr fan draw.

Roedd cinio dwym yn ei ddisgwyl pan aeth i mewn i'r tŷ ac roedd Elen yn barod a'r stori am Doctor Puw yn ffonio ac yn cynhyrfu pan ddywedodd hi wrtho fod ei gŵr allan gyda'i gamera. Gwenodd Tomos yn ddireidus arni.

'Ie wir, Elen fach, ddylet ti 'rioed fod wedi priodi plismon.' Yna ciliodd y wên o'i wyneb. 'Ond chware teg i'r Doctor, mae'r mater yma yn ddifrifol, ac mae'n bryd gwneud rhywbeth o ddifri yn ei gylch. Mi a' i'r funud yma i roi'r heddlu ar waith i ddarganfod a yw'r bechgyn wedi cyrraedd adre. Fe gei di wybod cyn pen dwyawr rwy'n siŵr. A phan ddaw'r wybodaeth oddi wrth yr heddlu rwy'i am i ti ffonio ar unwaith i ddweud wrth y Doctor, waeth fydda i ddim yma'r prynhawn 'ma.'

'Pam, ble fyddi di 'te?'

'Wel, yn gynta, Elen fusneslyd, mi fydda i yn y stafell fach dywyll 'na yn y cefn yn datblygu llun bach a dynnais i heddi; wedyn mi fydda i'n mynd am dro bach eto.'

*   *   *

I lawr yn y seler o dan Dôl-nant roedd newyn a syched wedi dod i flino'r tri bachgen a oedd yn garcharorion yno. Erbyn hyn roedd y tri wedi cael y cadachau'n rhydd oddi ar eu genau ond er pob dyfais ni lwyddasant i ddatglymu'u traed na'u dwylo.

'Tawn i'n medru dod o hyd i hen hoelen neu rywbeth, yn y wal . . .' meddai Wil Jones am y degfed gwaith, 'mae'n bosib y gallwn i wneud rhywbeth â'r clymau 'ma. Dyna sut y mae bechgyn yn dod yn rhydd bob tro bron, mewn storïau ditectif. Fe ddarllenais i'n rhywle am ddyn yn dod yn rhydd trwy rwbio'r rhaff yn erbyn carreg finiog. Wel, choelia i ddim stori fel'na byth eto, waeth rwy'i wedi bod yn rhwbio'r rhaff 'ma yn erbyn carreg nes bod y croen ar fy ngarddwrn wedi mynd i gyd bron, a chyn belled ag y gwela i mae'r rhaff fel newydd. Fydda i'n prynu llai o storïau ditectif o hyn mas, gewch chi weld.'

Gwyddai Hywel fod Wil yn ceisio codi'u calonnau nhw, ond roedd hynny'n ormod o dasg erbyn hyn. Teimlai Hywel ei ben yn troi gan eisiau bwyd, ac roedd ei dafod mor sych ag ysglodyn. Roedd y rhaffau hefyd, erbyn hyn, wedi dechrau rhwystro'r gwaed yn ei ddwylo a'i draed a gwyddai fod ei fferau a'i arddyrnau'n chwyddo'n gyflym. Oni ellid torri'r rhaffau cyn bo hir gwyddai y byddai mewn cyflwr gwael iawn. Roedd Wil yn siarad eto.

'Alla i ddim madde i'r gwalch 'na am ddwyn fy nghyllell boced i. 'I chael hi'n anrheg gan Mam-gu wnes i. Wn i ddim beth ddwed hi pan a' i 'nôl adre heb y gyllell.'

''Nôl adre,' meddyliai Hywel yn chwerw. 'Druan o Wil – a finne hefyd.'

'Yr hyn sy'n ddirgelwch i mi,' meddai Wil eto, 'sut yn y byd y gadawodd y dynion 'na'r lamp fach yn 'y mhoced i? Falle'u bod nhw'n teimlo na allai lamp wneud unrhyw wahaniaeth i'n cyflwr ni. Ond myn brain i, fe wnaeth! Mae'n rhyfedd faint o gysur yw ychydig bach o olau yn awr ac yn y man. Hei! Ydw i'n siarad â fi'n hunan neu beth? Hywel! Phil! Oes 'na rywun wedi clymu'r cadachau 'na'n ôl ar eich cegau chi?'

Ond doedd dim yn tycio. Ni allai Wil godi calonnau ei ddau gydymaith a oedd erbyn hyn yn nes at ddagrau na chwerthin, a bu distawrwydd yn y seler dywyll am ysbaid hir. Yna torrodd llais Phil Morgan yn wylofus ar draws y distawrwydd.

'O, mae arna i eisie bwyd! Bacwn ac wy a bara wedi'i ffrio! Gwerth hanner coron o tsips o siop Brindisi ar waelod y stryd! Tato a chig a phwdin reis gyda Mam! O'r tacle! Rwy'i eisie mynd adre! Rwy i eisie mynd adre! Dwy'i ddim wedi g'neud un drwg i neb! Pam ŷch chi'n 'y nghadw i fan hyn?' Cyn iddo orffen, druan, roedd ei lais wedi codi'n sgrech oerllyd, a phan dawodd fe deimlai Hywel fel ymuno ag ef i weiddi dros y lle. Ond roedd Wil yn siarad â Phil yn dawel.

'Phil boi, fe gei di'r tsips a'r bacwn a'r wy a'r cyfan i gyd; fe ofala i am hynny; ond bydd rhaid i ti aros ychydig eto.'

'Digon hawdd i ti siarad. Roedd dy fola di'n dynn pan ddest ti 'ma. Ond beth amdana i? Ches i ddim pryd iawn o fwyd ers wythnos. Dim ond rhyw fara menyn a chaws a glasied o laeth yn awr ac yn y man; a dyma fi nawr yn cael dim! O, trueni'ch bod chi wedi dod yma o gwbwl! Wnaethoch chi ddim ond hala pethau'n waeth!'

'Phil!' Roedd llais Wil yn llawn amynedd. 'Pan awn ni'n ôl i Blasywernen, fe gawn ni'n tri setlo lawr i weithio'n dawel ac yn ddiwyd. A fyddwn ni ddim yn meindio busnes neb ond ein busnes ni'n hunain, ac fe gawn ni amser da gyda'n gilydd. Nawr rwy'n cofio – dwyt ti, Phil, ddim wedi gweld y Doctor eto. O, mae e'n hen foi iawn, ond dyw e ddim yn meddwl llawer o Wiliam Cadwaladr Jones, un o'i ddisgyblion disgleiriaf. Ond fe fyddi di'n hoffi'r Plas, Phil. Mae e'n hen le braf iawn, ac mae Miss Jones y Metron fel mam i bawb. Glywaist ti stori'r hen Syr Gwallter a'r trysor? Wel, mae'n stori gwerth ei chlywed, a chan fod gyda ni ddigon o amser fe'i dweda i hi wrthoch chi'ch dou nawr. Mae'n debyg fod yr hen Syr yn gyfoethog iawn . . .'

Dywedodd Wil y stori yn ei ffordd ddigri ei hun ac roedd Hywel yn falch o sylwi fod Phil wedi tawelu tipyn wrth wrando. Daeth Wil i ddiwedd ei stori.

'Ac felly, mae rhywun neu'i gilydd wedi bod yn chwilio am y trysor ar hyd y blynyddoedd, ac er bod y Plas wedi newid dwylo, mae rhai o berthnasau'r hen deulu ar ei ôl e unwaith eto. Ac mae'n ymddangos fel petai'r rhain yn meddwl busnes.'

Ar ôl i Wil orffen siarad, bu distawrwydd hir yn y seler, ac yna clywodd y tri lais pell yn gweiddi.

'Hei! Hei!'

'Glywsoch chi, bois?' gofynnodd Wil Jones yn wyllt.

'Do,' meddai Hywel a Phil gyda'i gilydd, 'mae 'na rywun yn gweiddi.

'Hei! Hei!' Daeth y llais eto drwy'r tywyllwch a

chydag ef daeth llygedyn bach o obaith i galonnau'r tri yn y seler. Dechreuodd y tri weiddi'n ôl.

'Hei! Hei! Hei! Dyma ni yn y seler!' Clustfeiniodd y bechgyn am ateb i'w gweiddi ond ni ddaeth dim. Ni ddywedodd yr un ohonynt yr un gair am amser hir – dim ond clustfeinio a disgwyl. Aeth amser heibio, a gellid clywed pin bach yn cwympo yn y seler. Ni fentrai hyd yn oed Wil obeithio fod neb wedi dod i'w hachub. Ond yn sydyn, meddyliodd Hywel ei fod yn gweld llygedyn bach llwyd o olau ym mhen draw'r seler. Llamodd ei galon ond ni ddywedodd yr un gair am foment rhag ofn mai dychmygu roedd e. Yna, roedd e'n siŵr!

'Hei, Wil! Phil! Mae golau fan draw.'

Edrychodd y ddau arall i ben draw'r seler a gwelsant y llafn golau. Roedd rhywun yn codi'r garreg yn nho'r seler yn ara' bach. Ai Ifan neu'r dyn tal oedd wedi dod 'nôl? Neu a oedd rhywun trwy ryw wyrth wedi dod i'w hachub? Nid oedd dim i'w wneud ond aros i weld beth a ddigwyddai. Roedd digon o olau nawr i'r tri bachgen weld wynebau'i gilydd, ond yn sydyn reit aeth yn dywyll hollol drachefn.

'O! Mae'r twll wedi'i gau!' meddai Phil Morgan yn anobeithiol.

'Na,' meddai Wil, 'mae rhywun yn dod lawr. Ei gorff sy'n llanw'r twll; dyna pam mae hi mor dywyll.'

Roedd Wil yn iawn. Yn sydyn roedd y twll yn nho'r seler yn glir unwaith eto, ac yn y golau a ddeuai i lawr drwyddo, gwelodd y bechgyn gorff mawr afrosgo. Gwyddai Hywel a Wil ar unwaith pwy ydoedd. Sarjant Tomos! Yn sydyn syrthiodd pelydryn cryf o olau ar y tri bachgen ar y llawr a gwelodd y Sarjant hwy.

'Wel! Wel! Wel! A dyma lle'r ŷch chi, fechgyn? Wel! Wel! A phwy fu'n ddigon caredig i'ch clymu chi'n ddiogel fel hyn?'

'O, Sarjant Tomos, dyna lwc i chi ddod,' meddai Hywel druan, 'roedden ni'n meddwl ei bod hi ar ben arnon ni. O, mae'r rhaffau 'ma bron â'n lladd ni.'

'Sarjant, rwy'i am fynd adre ar unwaith os gwelwch yn dda,' gwaeddodd Phil.

'Pwy yw'r bachgen yma?' gofynnodd y Sarjant gan ddal y golau arno.

'Roedd hwn yn garcharor 'ma pan ddaethon ni i'r tŷ,' atebodd Wil. 'Phil Morgan yw e.'

'Phil Morgan? Ond mae 'na fachgen o'r enw Phil Morgan yn yr ysgol yn barod!'

'Fe ddweda i'r stori i gyd wrthoch chi. Ond yn gynta – does dim cyllell yn digwydd bod gennych chi, Sarjant?'

'Eitha reit, Wiliam,' meddai'r Sarjant, a thynnodd gyllell gref o'i boced, a chyn pen munud roedd y bechgyn yn rhydd unwaith eto. O, dyna lawenydd! Ceisiodd y tri godi ar unwaith, ond druan ohonynt! Ni allai'r un o'r tri sefyll ar ei draed! Roedd y rhaffau wedi bod ynghlwm yn rhy hir.

'O,' cwynodd Phil yn isel, 'rwy'n rhy wan ac yn rhy boenus i gyffro o'r fan yma. Ac mae arna i eisie bwyd . . . eisie bwyd''

Roedd ei wyneb fel y galchen o wyn yng ngolau lamp gref y Sarjant a gorweddodd unwaith eto ar y llawr lleidiog. Nid oedd y ddau fachgen arall mewn fawr gwell cyflwr, a gwelodd Sarjant Tomos y byddai'n rhaid iddynt gael bwyd, a hynny ar unwaith. Sylweddolodd yn sydyn na allai'r un ohonyn nhw fynd allan o'r seler ar ei draed ei hun. Eisteddodd Hywel a Wil yn ymyl Phil, a dechrau rhwbio'u fferau a'u garddyrnau poenus.

'Pryd cawsoch chi fwyd ddiwetha, fechgyn?'

'Prynhawn ddoe – echdoe – wn i ddim,' meddai Wil 'rwy'i wedi colli cyfri o'r amser. Pa ddiwrnod yw hi?'

'Dydd Sul.'

'O, felly – ddoe y cafodd Hywel a finne fwyd ddiwetha. Ond wn i ddim pryd y cafodd Phil 'ma bryd iawn o fwyd.'

'Oes 'na fwyd yn y tŷ 'ma, wyddoch chi?'

'Wn i ddim,' meddai Wil, gan ddal i rwbio'i bigwrn. 'Roedd 'na ryw grystyn sych ar y ford pan fu Hywel a fi yn y gegin ddoe.'

'Wel,' meddai Tomos, 'doedd 'na ddim ar y ford pan ddes i gynnau, ond gwell i mi fynd i fyny i edrych a oes 'na rywbeth i'w fwyta. Mae'n amlwg na all yr un ohonoch chi gerdded oddi yma am dipyn. Ond os cewch chi fwyd fe fyddwch yn gryfach i fynd tua thre.'

Aeth y Sarjant i fyny drwy'r twll i'r ystafell fach, ond gadawodd ei lamp gyda Wil Jones.

'Wel, fechgyn,' meddai hwnnw, 'fyddwn ni ddim yn hir nawr. Rwy'n dechrau teimlo'r gwaed yn rhedeg unwaith eto, trwy 'nhraed a 'nwylo.'

'O, mae arna i eisie bwyd!' Ni allai Phil feddwl am ddim ond am fwyd.

'Tawn i ddim yn cael dim ond diferyn o ddŵr, mi fyddwn i'n well,' meddai Hywel. Yna roedd y Sarjant yn dod 'nôl. Yn ei law roedd torth o fara a photelaid gwart o laeth, ac yn ei boced roedd darn gweddol fawr o gaws.

'Fe gefais i'r rhain yn y cwpwrdd yn y gegin, fechgyn; ac mae'r dorth yn weddol ffres hefyd. Mae'n rhaid fod rhywun wedi bod 'ma wedi i chi ddod i lawr i'r fan yma. Mae'n debyg fod rhywun yn defnyddio Dôl-nant fel lle i gael pryd o fwyd heb yn wybod i neb. Nawr 'te, fechgyn, dewch at y ford!' Gwenodd y Sarjant, gan dynnu'i gyllell allan o'i boced unwaith eto. Torrodd dair tafell drwchus o'r dorth a thri darn bron mor drwchus o gaws. Estynnodd y botel laeth i Wil ac aeth hwnnw at Phil Morgan a'i dal wrth ei enau. Yfodd Phil yn awchus a theimlai'r llaeth melys yn iro'i gorn gwddf cras. Yna roedd Tomos yn estyn y bara a'r caws iddo.

Bwytaodd y tri'n ddyfal ac yn ddistaw a bu rhaid i'r Sarjant ddefnyddio'i gyllell sawl gwaith cyn eu digoni, a chyn bo hir roedd y dorth wedi diflannu.

'Wel, fechgyn, sut ŷch chi'n teimlo nawr? Ŷch chi'n meddwl y gallwch chi ddringo allan o'r lle 'ma? Mae arna i ofn y daw rhywun a gweld y garreg wedi'i chodi o'r llawr.'

'O, rwy'n teimlo lawer yn well beth bynnag,' meddai Hywel.

'A finne hefyd,' meddai Phil, 'ac er bod fy nghoesau i'n brifo o hyd, rwy'n fodlon gwneud ymdrech, er mwyn cael mynd allan o'r twll 'ma.'

Yna digwyddodd yr hyn a ofnai'r Sarjant! Roedd y bechgyn wedi codi i geisio cerdded i gyfeiriad y twll yn y to, pan glywsant y garreg yn cau – glamp!

'Hei! Hei!' gwaeddodd Sarjant Tomos ar dop ei lais; ond ni ddaeth yr un ateb o'r ystafell uwchben. Yna clywsant chwerthin dieflig: 'Ha! Ha! Ha! Ha!' – yna distawrwydd trwm.

'Maen nhw wedi'n cau ni i mewn eto, fechgyn,' meddai Hywel yn drist.

Rhedodd y Sarjant i ben draw'r seler, lle'r oedd hen

risiau drylliedig, yn union o dan y twll yn y to. Dringodd y grisiau ac aeth Wil Jones i ddal y golau iddo. Gwelodd y garreg uwch ei ben, a medrai'i chyrraedd yn hawdd, ond er iddo wthio a gwthio, ni allai ei symud. Roeddynt yn garcharorion fel y dywedodd Hywel.

'Maent naill ai wedi gwneud rhywbeth i gloi'r garreg yn y twll, neu wedi rhoi rhywbeth trwm ar ei phen i'w rhwystro i godi. Welais i 'rioed y fath beth! Naddo fi, ar fy ngair! Cloi pobl mewn seler! Wn i ddim pwy yw'r dynion 'ma sy'n gwneud y pethau hyn, ond fe gân nhw dalu ryw ddiwrnod, gewch chi weld.'

Synnodd Wil a Hywel glywed Sarjant Tomos yn siarad fel hyn. Roedd rhyw benderfyniad dieithr yn ei lais, a wnaeth i'r ddau fachgen edrych yn syn arno. Nid yr hen ffŵl o blismon a welsant o'r blaen oedd hwn, ond rhywun cadarn a sicr o'r hyn roedd yn ei wneud.

'Nawr 'te, fechgyn, gadewch i mi gael clywed yr hyn a wyddoch am y busnes 'ma, os gwelwch yn dda. Wedyn fe gawn ni benderfynu pa ffordd i ddod allan o'r seler 'ma. Sut ŷch chi'n teimlo nawr, bob un?'

'O, rwyf fi lawer iawn yn well beth bynnag,' meddai Phil Morgan. 'Peth da yw cael y bol yn dynn, ontefe? Cyn i fi gael y bwyd 'na, rown i'n teimlo fod y byd ar ben. Ond nawr, er ein bod ni wedi'n cloi i mewn unwaith eto, rwy'n teimlo y galla i wynebu beth bynnag a ddaw.'

'Da, 'machgen i! Dyna'r ysbryd! Beth amdanoch chi'ch dau?'

Dywedodd Wil a Hywel eu bod yn ddynion newydd. Erbyn hyn fe allai'r tri bachgen gerdded unwaith eto, ond nawr eisteddodd y pedwar i lawr er mwyn i'r Sarjant gael yr hanes i gyd ganddynt. Phil ddechreuodd ddweud ei stori; siaradai yn dawel yn y tywyllwch, ac ni ddywedodd y Sarjant air nes iddo orffen. Yna daeth tro Hywel a Wil.

'Wel!' meddai'r Sarjant, 'rydych chi wedi casglu llawer o wybodaeth, fechgyn. Mae gen i ddigon o dystiolaeth i fynd â'r adar 'na i'r carchar unwaith y down ni allan o'r seler 'ma. Arhoswch chi nawr – beth oedd yr hen bennill 'na eto? Nid ar y llofft . . . ac nid ar y llawr . . . dan y seithfed gris . . . mae trysor . . . mawr! Ie, mae'n amlwg nawr mai yng ngrisiau marmor Plasywernen y mae'r trysor. Wel, gobeithio y medrwn ni ddod allan o'r fan hyn cyn y bydd y dihirod 'na wedi ei gael e beth bynnag. A meddyliwch am yr hen grwt 'na'n galw'i hunan yn Phil Morgan er mwyn cael byw yn y Plas a helpu'i dad! Wel, fe ddaw ynte iddi, pan ddo i allan o'r lle 'ma. Y seithfed gris? Fe sylwais i mai'r seithfed gris o'r llawr oedd wedi ei thorri. Ac mae'n amlwg eu bod nhw'n mynd i dorri'r seithfed o'r top eto y cyfle cynta gân nhw. Dewch, fechgyn, mae'n rhaid i ni geisio dianc o'r fan yma.'

Cododd y pedwar ar eu traed, a fflachiodd y Sarjant ei lamp fawr gref o amgylch yr hen seler. Roedd y llygod mawr wedi cilio erbyn hyn, ond gallai'r bechgyn weld eu tyllau mawr yn y welydd llaith. Gwelsant y cŵyr cor hefyd yn hongian fel cadachau o'r to. Yna gwelodd y pedwar fod darn o'r mur yn newydd, neu o leiaf yn fwy newydd na'r gweddill. Hen feini geirwon oedd y rhan fwyaf o'r mur, ond rhesi o frics coch oedd y darn newydd.

'Dyna i chi'r hen fynediad i'r twnnel sy rhwng Dôl-nant â'r Plas. Fe'i caewyd gan Syr Watcyn rhyw ddeng mlynedd 'nôl – wn i ddim pam – ond fe fûm i ar hyd y

twnnel unwaith, gyda'r hen giper. M-m-m, mae'n wal go
gadarn, fechgyn. Gadewch i ni edrych o amgylch eto, i
gael gweld a oes rhyw ffordd i fynd allan. Rwy'n ofni
nad oes dim gobaith symud y garreg 'na yn y to.'

Aeth y pedwar o amgylch y seler yn araf gan edrych
i'r chwith ac i'r dde ond ni welsant na drws nac agoriad
o un math. O'r diwedd daethant 'nôl at y wal frics
unwaith eto. Plygodd y Sarjant i edrych yn fanwl arni
yng ngolau'r lamp fawr.

'Wel, fechgyn, hyd y gwela i, yr unig obaith sy
gennym yw ceisio cael rhai o frics y wal yma'n rhydd a
gwneud twll digon mawr i ni fynd trwodd i'r twnnel. Os
medrwn ni fynd i ben draw'r twnnel falle y gallwn ni
dynnu sylw rhywun yn y Plas trwy guro'r welydd a
gweiddi. Oes gan un ohonoch chi ryw syniad arall, neu
ryw awgrym sut y medrwn ni ddianc?'

Am unwaith nid oedd gan Wil Jones unrhyw awgrym
i'w gynnig. Nid oedd gan y ddau arall syniad chwaith.

'O'r gore,' meddai'r Sarjant gan dynnu'i gyllell fawr
o'i boced, 'dyma ddechrau arni hi. Fe fydd rhaid bod yn
amyneddgar wrth gwrs, ond rwy'n siŵr ei bod hi'n well i
ni i gyd wneud rhywbeth nag aros fan hyn i chwalu
meddyliau.'

Rhoddodd lafn y gyllell mewn crac rhwng dwy o frics
y wal. Cyn bo hir cafodd ddarn o siment yn rhydd, yna
darn arall. Safai'r bechgyn yn ei wylio a dalient y golau
iddo bob yn ail, ac nid oedd un sŵn yn y seler nawr, ond
sŵn y gyllell yn crafu, crafu.

Pennod 8

Y prynhawn Sul hwnnw, eisteddai Dafydd Ifans, tad Hywel, yn y tŷ yn darllen y papur ac yn smocio'i bib. Cawsai ginio da, a nawr teimlai braidd yn gysglyd, neu o leiaf yn ddioglyd. Aethai ei wraig i'r ysgol Sul rhyw chwarter awr ynghynt, a doedd neb arall yn y tŷ. Edrychodd yn y papur i weld beth oedd tîm pêl-droed Caerdydd wedi'i wneud yn eu gêm ddiwethaf.

'Dratio!' meddai wrtho'i hunan, 'colli ddoe wedyn! Be sy'n mater arnyn nhw, gwedwch! Mae'n hen bryd i'r Capten 'na dynnu'i socs lan, neu fe fydd rhaid cael rhywun yn el le.'

Pêl-droed oedd diddordeb mawr Dafydd Ifans, a phan oedd yn ifanc cawsai lawer i gêm gyda thîm Caerdydd ei hunan. Ymhen tipyn rhoes y papur i lawr a chododd ei draed i ben y pentan. Yna'n ara' bach caeodd ei lygaid ac aeth i gysgu. Dihunodd yn wyllt i glywed rhywun yn cnocio ar y drws.

'Caton pawb! Pwy sy 'na?'

Aeth i agor y drws a dychrynodd wrth weld plismon tal yn sefyll ar y trothwy.

'Mr Ifans?'

'Ie – ie, be sy'n bod?'

'Mae gennych chi fab o'r enw Hywel on'd oes?'

'Oes, ond . . .'

'Wel, Mr Ifans, mae 'na neges wedi dod oddi wrth Sarjant Tomos, Cwrcoed, yn dweud ei fod wedi mynd ar goll o ysgol Plasywernen brynhawn ddoe. Rwy'i wedi dod yma ar gais Sarjant Tomos i weld ydy e wedi cyrraedd adre.'

'Cyrraedd adre? Caton Pawb, na! Does 'ma neb wedi'i weld e er pan aeth e i ffwrdd wythnos i ddoe. Ond mae wedi sgrifennu . . .'

'Mae'n debyg 'i fod e a bachgen arall o'r enw Wiliam Jones wedi diflannu'n sydyn ar ôl i ryw anffawd ddigwydd yn yr ysgol . . .'

'Gwarchod y byd! Hywel? Rhaid i mi fynd yno ar unwaith i weld beth sy o'i le. Dyma beth yw newydd ofnadwy! Ac mae'r wraig yn y capel!'

'Wrth gwrs, Mr Ifans, fe all fod popeth yn iawn yno erbyn hyn, a'r bechgyn wedi dod 'nôl yn ddiogel.'

'Wel! Wel! Rhaid i mi fynd yn y car ar unwaith.'

'O'r gore, Mr Ifans, fe a' inne i roi gwybod i Gwrcoed nad yw'r bachgen wedi dod adre. Fe ddweda i hefyd eich bod chi ar y ffordd yno.'

'Diolch, diolch.'

Aeth Dafydd Ifans yn ei ôl i'r tŷ, ac ar ôl ysgrifennu nodyn brysiog i'w wraig (ni feddyliodd am ei mofyn o'r capel), fe wisgodd ei got fawr a'i het, ac allan ag ef at y car.

* * *

Am hanner awr wedi tri y prynhawn Sul hwnnw, ffoniodd Elen, gwraig Tomos y Polîs, Doctor Puw Plasywernen. Daeth llais cyffrous y Doctor yn glir dros y gwifrau.

'Helô! Helô! Pwy? O, chi, Mrs Tomos? Ble, yn enw popeth, mae'r Sarjant?'

'Wel, Doctor, fe fu 'nôl yn cael ei ginio wedi i chi ffonio o'r bla'n, ond mae wedi mynd allan am dro bach nawr 'to.'

'Allan am dro? Ond . . . ond y dyn ofnadwy! Pam na fase fe'n ceisio dod o hyd i'r bechgyn 'na! Dyma fi fan hyn yn gorfod gwneud y cwbwl fy hunan. A does gen i ddim ffordd i roi gwybod i'r rhieni cyn bore fory. A dwy'i ddim yn gwybod ai adre yr aethon nhw ai peidio! Dŷch chi ddim yn gweld . . .'

'Ond, Doctor . . .'

'Ie?'

'Mae Sarjant Tomos *wedi* rhoi gwybod i'r rhieni; ac mae e *wedi* darganfod nad gartre ma'n nhw; ac mae e wedi gofyn i mi roi gwybod i chi fod rhieni'r ddau ar y ffordd i Blasywernen mewn car . . .'

'Ond sut? Pryd?'

'Na hidiwch, Doctor. Efalle y bydd yn gysur i chi wybod nad yw'r Sarjant wedi bod yn hollol segur. Wel, gobeithio y daw rhyw wybodaeth cyn bo hir. Gwdbei nawr, Doctor.'

'Arhoswch, Mrs Tomos. Fe ddwedodd y Sarjant ddoe ei fod e'n teimlo mai trysor Plasywernen sydd yn gyfrifol am y trwbwl 'ma. Roedd e'n credu fod rhywun wedi dod o hyd i ryw wybodaeth newydd am y trysor. Nawr os yw hynny'n wir . . . rwy'i wedi bod yn meddwl . . . ŷch chi ddim yn credu y dylwn i roi gwybod i Syr Watcyn yn Abertawe? Wedi'r cwbwl ei drysor e yw e, ac os daw e i olau dydd, *fe* ddylai ei gael ontefe? Beth bynnag does arna i ddim o'i eisie e. Fe fyddwn i'n falch o gael gwared ohono unwaith ac am byth, i ni gael setlo i lawr i weithio'n dawel. Melltith yw'r trysor wedi bod erioed. Beth yw'ch barn chi, Mrs Tomos? Ŷch chi'n meddwl y dylwn i ffonio Syr Watcyn? Mae'i rif e gen i.'

'Ie, well i chi wneud, Doctor. Beth bynnag, all hynny wneud dim drwg dybia i.'

'Diolch, Mrs Tomos. A phan ddaw eich gŵr tua thre, gofynnwch iddo ddod draw.'

'Reit, Doctor.'

Rhoddodd Elen Tomos y ffôn i lawr ac edrychodd ar y cloc.

Ugain munud i bedwar! Fe fydd e yma am 'i de nawr cyn pen winc.

Ac aeth i osod y ford. Ni wyddai Elen y pryd hwnnw y byddai'n rhaid i'w gŵr aros yn hir iawn am ei de.

*　　*　　*

'Faint o'r gloch yw hi, fechgyn?' gofynnodd Sarjant Tomos, gan edrych ar ei wats.

'Hanner awr wedi saith! Wel, mae'r amser wedi mynd! Ond mae gyda ni un twll bach yn y wal 'ma. Fe ddylai fod yn haws o hyn ymla'n.'

Roedd dillad glas y Sarjant yn wyn gan lwch a'i wyneb yn goch gan ei ymdrechion i dorri twll yn y wal frics. Tynnodd un fricen arall yn rhydd ac roedd y twll nawr yn ddigon mawr i ben un o'r bechgyn fynd i mewn iddo. Bob yn awr ac yn y man câi help llaw gan y bechgyn, ac o dipyn i beth, trwy lawer o chwys a hir amynedd aeth y twll yn fwy ac yn fwy o hyd.

O'r diwedd roedd yn ddigon mawr iddynt fynd drwyddo. Aeth Hywel i mewn yn gyntaf, a Phil Morgan a Wil i'w ddilyn. Yna'n olaf gwthiodd y Sarjant ei hunan drwodd, gyda llawer iawn o duchan a grwgnach. Golygfa ryfedd a welsant o'u blaenau wrth olau'r lamp fawr. Llwch blynyddoedd ar y llawr anwastad, y to'n fygythiol o isel a cherrig mawr yn hongian fel pe baen nhw'n barod i gwympo ar eu pennau. Yma ac acw ar hyd y llawr roedd pentwr o gerrig oedd wedi cwympo o'r to'n barod. Suddodd calonnau'r bechgyn wrth weld y fath le tywyll a pheryglus.

'Ymlaen â ni, fechgyn, i ni gael cyrraedd rhywle'n agos i'r Plas cyn bydd pawb wedi mynd i'r gwely. Os gallwn ni dynnu sylw'r Doctor neu rywun trwy weiddi a chnocio'r wal, fe fyddan nhw'n gwybod lle'r ŷn ni beth bynnag.'

Ymlaen â nhw, heb ddweud gair ymhellach. Roedd yn weddol hawdd i'r bechgyn gerdded yn eu plyg – ar y Sarjant roedd hi waethaf, gan ei fod o gorff trwm ac afrosgo.

'Wel, dyma beth yw lle!' meddai Wil Jones, a chlywodd ei lais ei hun yn atsain trwy wacter yr hen dwnnel.

'O, dyw e ddim cynddrwg â'r hen seler 'na beth bynnag,' meddai Hywel, 'o leia rydyn ni'n rhydd nawr, ac yn medru gwneud rhywbeth droson ni'n hunain.'

Aethant ymlaen drwy'r twnnel o un tro i'r llall – y bechgyn yn arwain a Sarjant Tomos yn dilyn gan chwythu o'r tu ôl. Unwaith eisteddodd y pedwar i lawr i gael hoe fach, a'r Sarjant oedd yr olaf i godi pan aethant ymlaen drachefn.

O'r diwedd gwelsant o'u blaenau yr hyn a ymddangosai fel tro arall yn y twnnel, ond pan ddaethant ato, gwelsant nad tro mohono, ond pen draw'r twnnel. Yn union o'u blaenau roedd hen risiau cerrig yn arwain i fyny, ond doedd dim byd tebyg i ddrws nac agoriad o un math yn y wal uwch eu pennau. Dim ond wal gadarn, lefn.

'Dyma ni, fechgyn,' meddai Tomos y Polis, 'nawr gadewch i ni ddringo i ben y grisiau a churo'r wal i weld a glyw rhywun ni. Cydiwch bob un yn un o'r cerrig 'na sy ar y llawr.'

Dringodd y pedwar i ben y grisiau, a defnyddiodd pob un y garreg yn ei law i guro'r wal. Er eu syndod ni wnaethant fawr iawn o dwrw, hyd yn oed yn y twnnel lle'r oeddynt. Rhaid bod muriau Plasywernen yn drwchus iawn. O'r diwedd roedden nhw i gyd wedi blino.

'Rhaid i ni weithio bob yn ail, fechgyn,' meddai'r Sarjant, 'rhaid i ni gadw un i guro drwy'r amser.'

A dweud y gwir roedd y Sarjant yn dechrau colli gobaith. Yn ei galon, ni theimlai fod ganddynt siawns yn y byd i ddianc o'r twnnel. Roedd yn sicr erbyn hyn mai ei dynged ef a'r bechgyn fyddai marw o newyn a syched yn y fan honno. Teimlai fel ei gicio'i hun am beidio â dweud wrth Elen ei fod yn bwriadu ymweld â Dôl-nant. Pe byddai wedi dweud wrthi byddai gobaith y dôi rhywun i edrych amdanynt. Ond nawr, rhaid wynebu'r gwir – roedd ar ben arnynt. Ond ni chymerai'r byd am ddweud hynny wrth y bechgyn. Rhaid eu cadw i wneud rhywbeth o hyd rhag iddynt gael cyfle i feddwl am eu cyflwr.

'Wel nawr 'te,' meddai, 'fe gaiff Wil yma weithio'r shift gynta, ac fe awn ni'n tri i lawr fan'co i eistedd am dipyn, yna fe gaiff Wil ddod i lawr ac fe gaiff un ohonon ni fynd yn ei le.'

Felly y bu.

Ymhen tipyn, gwaeddodd y Sarjant:

'Reit Wiliam, *Time Up*.'

Stopiodd Wil, a daeth i lawr y grisiau. Yna cododd y Sarjant ac aeth i fyny yn ei le.

Wedyn daeth tro Hywel, a Phil, a Wil wedyn; ac yna'r Sarjant eilwaith. Ond roedd yr hen anobaith yn dechrau dod 'nôl erbyn hyn. Daeth newyn a syched i'w poeni eto hefyd, ac roedd hi'n mynd yn hwyr.

Wrth ddringo'r grisiau am y trydydd tro, sylwodd y Sarjant fod Phil yn cysgu a'i gefn ar y mur. Bu'r ymdrechion a'r dioddef yn y seler a'r twnnel yn ormod iddo.

'Wel,' meddai Tomos wrth Hywel a Wil, 'fe wna cwsg les iddo – peidiwch â'i ddihuno ar un cyfri.'

Ymhen tipyn syrthiodd gên Hywel ar ei frest, ac roedd yntau hefyd yn cysgu.

'Faint o'r gloch yw hi, Sarjant?' gofynnodd Wil. Roedd ei wyneb yn ddu gan lwch a chwys a'i lygaid yn bŵl gan flinder ac eisiau cysgu.

'Pum munud i ddeuddeg,' oedd yr ateb tawel.

'Gymaint â hynny? Mae pawb yn y gwely yn y Plas, ŷch chi ddim yn meddwl?'

'Na, maen nhw siŵr o fod yn chwilio amdanon ni. Na, fydd neb yn cysgu yn y Plas heno.'

Ceisiodd swnio'n obeithiol ond gwyddai Wil mai ceisio'i gysuro roedd e. Yn waeth na'r cwbl sylwodd fod golau'r lamp fawr yn gwanhau. Ni fyddai'n hir cyn mynd allan yn llwyr.

'Rhaid i ni gynilo'r golau 'na, Sarjant.'

'Roeddwn i'n dechrau meddwl hynny hefyd. Wel

eisteddwch chi fan hyn gyda'r lleill, ac fe a' i i fyny'r grisiau heb olau y tro hwn. Fe ddylwn fod yn gwybod fy ffordd yn y tywyllwch erbyn hyn.'

Diffoddodd y golau a rhoddodd y lamp i Wil, ac eisteddodd hwnnw yn y tywyllwch yn ymyl Hywel a Phil. Clywodd Phil yn mwmian rhywbeth yn ei gwsg. Yna clywodd sŵn traed y Sarjant yn dringo'r grisiau. Rhifodd ei gamau wrtho'i hunan.

'Un, dau, tri, pedwar, pump, chwech, saith.'

Saith gris oedd yna felly. Rhyfedd na fuasai wedi sylwi ar hynny pan oedd y lamp ynghynn. 'Saith gris . . . saith o ddynion duon bach . . .' Dechreuodd ei feddwl grwydro. Clywai 'dwmp, dwmp' y Sarjant, yn curo'r wal, ond swniai'n bell iawn. 'Un, dau, tri, pedwar, pump, chwech, *saith* . . . meddai clychau Aberdyfi.' Dechreuodd feddwl yn gysglyd am y rhif saith. Saith diwrnod mewn wythnos . . . 'dwmp, dwmp' – 'dwmp, dwmp'. Ai saith a rifai Clychau Aberdyfi – ynte chwech? Ni allai gofio. 'Un, dau, tri, pedwar . . . pump, chwech, saith. Dan y seithfed gris y mae trysor mawr . . .'

Yna roedd yn gwbl effro ac ar ei draed!

'Sarjant!'

Goleuodd y lamp ar y grisiau a rhedodd i fyny at y Sarjant.

'Be sy, Wiliam?'

'Y SEITHFED GRIS! Ŷch chi ddim yn cofio'r pennill?'

Edrychodd y Sarjant yn graff arno, gan feddwl fod y straen wedi dechrau effeithio ar ei feddwl.

'Ie, Wiliam?'

'Ond, Sarjant . . . ŷch chi ddim yn gweld? Y seithfed

gris! Saith gris sydd fan YMA! Fan hyn mae trysor Plaswernen ac nid yn y Plas!'

Roedd Wil yn gweiddi nawr, a dihunodd Hywel, a dod atynt i weld beth oedd yn bod. Roedd ceg y Sarjant ar agor.

'Gan bwyll nawr, Wiliam, gan bwyll. Mae'n eitha posib eich bod chi'n iawn, cofiwch – ond gan bwyll nawr, i ni gael edrych i mewn i'r mater yn ofalus.'

'Be sy?' gofynnodd Hywel. Trodd Wil ato.

'Y seithfed gris, Hywel! Dyma hi fan hyn dan fy nhraed i. Wyt ti ddim yn gweld?'

Oedd, roedd Hywel yn gweld. Druan o'r hen Wil! On'd oedd e'n cael rhyw syniadau rhyfedd ac annisgwyl? Ond wedyn – dyna ddigwyddiad rhyfedd pe baen *nhw'n* dod o hyd i'r trysor yn y fan yma, a'r dihirod yna'n chwilio amdano yng ngrisiau'r Plas.

Plygodd Wil a'r Sarjant i edrych ar y seithfed gris. Ymddangosai'n union yr un fath â'r chwech arall cyn belled ag y gallent weld yng ngolau'r lamp. Yna tynnodd y Sarjant ei gyllell, a oedd erbyn hyn yn fylchau i gyd, a cheisiodd ei gwthio i mewn i'r crac rhwng dwy garreg.

'Gwarchod y byd, fechgyn!'

Aeth llafn y gyllell i mewn hyd y carn!

'Mae 'na dwll o dan y garreg!' meddai Wil yn wyllt. 'Fan yma mae e, Sarjant!'

'Fe gawn ni weld. Ond sut mae symud un o'r cerrig ma?'

Rhoddodd lafn y gyllell i mewn dan un ohonynt a cheisio'i chodi, ond torrodd y llafn wrth y carn.

'Wel, dyna ddiwedd ar honna, fechgyn, hen gyllell

dda oedd hi hefyd. O wel, rhaid trio rhyw ffordd arall nawr 'te.'

Roedd carreg lefn droedfedd o uchder o dan y seithfed gris, a nawr rhoddodd Tomos ei sylw i honno. Rhoddodd gic i un cornel ohoni â'i seis tens, ac fe'i teimlodd yn symud o flaen ei droed! Plygodd yn is a gwelodd fod y pen draw iddi wedi dod allan fodfedd a hanner, a'r pen arall wedi mynd i mewn gymaint â hynny. Rhoddodd un gic arall a gwelodd y tri dwll du yn dod i'r golwg o dan y gris!

Gwthiodd Wil ei law i mewn a thynnodd allan god ledr. A chyn gynted ag y tynnodd hi allan, daeth genau'r god yn rhydd yn ei law a syrthiodd cawod o sofrins melyn i lawr dros y grisiau i gyd.

TRYSOR PLASYWERNEN! Roedd pawb yn syfrdan!

'Gwarchod y byd, fechgyn! Dyma fe! Wedi'r holl ganrifoedd o chwilio a cheisio dyfalu ym mhle'r oedd e – dyma fe!'

Edrychodd y Sarjant yn syn ar y cyfoeth o aur ar risiau'r twnnel. Cydiodd Hywel mewn dyrnaid o sofrins. Dim ond unwaith y gwelsai sofren o'r blaen.

'Wel!' meddai, 'Ond edrych, Wil, mae'n siŵr fod 'na ragor na hyn.'

'Ie,' meddai Tomos, 'ond byddwch yn ofalus y tro hwn; mae'n debyg fod lledr y god 'na wedi pydru. Dyna pam y daeth yn rhydd yn eich llaw.'

Gwthiodd Wil ei law i mewn eto tra safai'r ddau arall yn gwylio'n eiddgar. Cadwodd Wil ei law yn y twll yn hir, yna bu rhaid iddo wthio'r llaw arall ar ei hôl. O'r diwedd tynnodd allan flwch cerfiedig. Roedd yn flwch gweddol fawr ac mor drwm â charreg. Estynnodd y blwch i Hywel ac agorodd hwnnw ef tra daliai'r Sarjant y golau. Yna gwelsant olygfa nas gwelir ond gan frenhinoedd a miliynwyr y byd!

Roedd y blwch yn llawn o emau mawr a mân, a'r rheini'n fflachio ac yn wincio ar y tri. Roedd y blwch i gyd fel darn o dân yn nwylo Hywel a bu bron iddo'i ollwng o'i law.

'O!' meddai'r tri gyda'i gilydd, ac yna bu distawrwydd hir rhyngddynt. Ni allent dynnu'u llygaid oddi ar y blwch a'r gemau.

'Wel,' meddai Wil o'r diwedd, 'does dim rhyfedd fod cymaint o bobol wedi bod yn chwilio am drysor Plasywernen!'

Tynnwyd deg cydaid o aur allan o'r twll o dan y seithfed gris ac yn olaf tynnwyd allan nifer fawr o bethau prydferth wedi'u gwneud o aur ac arian. Yn eu plith roedd breichledau, medalau ac addurniadau cywrain. Dihunwyd Phil Morgan, a bu hwnnw'n rhwbio'i lygaid sawl gwaith cyn y medrai gredu nad breuddwydio roedd e. Wrth gwrs bu rhaid adrodd yr hanes i gyd wrtho, ond prin y gallai goelio wedyn.

'Wyddwn i ddim fod cymaint â hynna o gyfoeth yn y byd i gyd,' meddai o'r diwedd.

Yna aeth y golau allan.

Bu'r tywyllwch sydyn yn sioc iddynt i gyd. Nid oedd yr un ohonynt wedi sylwi fod y golau wedi gwanhau'n raddol, roeddynt mor brysur yn edmygu trysor Plasywernen. Ond yn awr dechreuasant ystyried eu cyflwr unwaith eto. Dyma lle'r oeddynt uwchben eu digon mewn twll o dan y ddaear, heb ffordd i fynd allan ohono. Dyma nhw wedi darganfod y trysor, ac eto'n garcharorion newynog mewn twnnel! Ond nid oedd yn hollol dywyll yn y twnnel nawr chwaith. Roedd y blwch gemau ar lawr y twnnel a'i glawr ar agor, ac ohono deuai llewyrch gwan, meddal.

'Sôn am Aladin yn ei ogof!' meddai Wil Jones, 'doedd hwnnw ddim ynddi! Ond fe fedrai ef agor y drws hefyd, wrth ddweud "Open Sesame". Piti na fase 'na ryw ddrws yn agor i ni yn rhywle.'

'Dyna beth rhyfedd,' meddai Tomos y Polîs, 'ŷch chi'n gweld, mae'n rhaid bod 'na ddrws wedi bod yma rywbryd. Beth dda oedd y twnnel 'ma os nad oedd drws rhyngddo â'r Plas? Fe fûm i'n chwilio amdano unwaith o'r blaen ond welais i ddim arwydd o ddim.'

Eisteddodd y pedwar i lawr gyda'r trysor, ac yn ara' bach fe gofiodd pob un ohonynt fod syched a newyn arno, a bod y tywyllwch a'r twnnel cyfyng wedi mynd yn fwrn.

'Meddyliwch,' meddai'r Sarjant, er mwyn cadw meddyliau'r bechgyn oddi ar eu gofidiau yn fwy na dim, 'meddyliwch am yr hen Syr yn cuddio'r trysor fan hyn o dan risiau'r seler, a sticio'r rhigwm ar glawr y Beibl. Wrth geisio cuddio'i gyfoeth rhag milwyr Cromwel, fe'i cuddiodd yn rhy dda. Efalle, petai wedi cael mwy o amser i feddwl, y byddai wedi gwneud gwell gwaith. Mae'n amlwg na ddaeth cyfle iddo roi gwybod i neb o'i deulu ar ôl cael ei ddal. Ac roedd yn rhaid i'r Llwydiaid adael Plasywernen am byth cyn i'r trysor ddod i'r golwg. Dyna beth rhyfedd ontefe?'

Roedd y tri bachgen *yn* gwrando arno, ond nid atebodd yr un ohonynt. Collasant ddiddordeb ym mhopeth ond eu newyn a'u syched a'u blinder.

Meddyliodd y Sarjant am ei gartref ac am ei wraig oedd yn ei ddisgwyl adref. Roedd Elen siŵr o fod yn wallgo' gan ofid yn ei gylch. Ceisiodd feddwl beth a wnaeth pan fethodd ef ddod yn ôl i de nac i swper. Gwyddai fod Elen ei wraig yn ddigon pwyllog, a meddyliodd na fuasai wedi gwneud dim nes iddi fynd yn lled hwyr. Yna byddai'n debyg o ffonio am help yr heddlu yn y pentrefi cyfagos – Cwnstabl Williams Pantteg, efallai.

'Maen nhw'n siŵr o fod yn chwilio amdanon ni ym mhobman, fechgyn. O, fe fydda i'n siŵr o gael sŵn gan Elen y wraig pan a' i adre, am golli te a swper.' Dim gair na gwên oddi wrth y bechgyn; ac yna teimlai'r Sarjant fel ei gicio'i hun! Pam yn y byd y soniodd am de a swper! Onid dyna'r union eiriau y dylid eu hosgoi?

Er mwyn gwneud rhywbeth, cododd ar ei draed a thynnodd y fflachlamp fawr allan. Gwasgodd y botwm a chafodd lygedyn gwan o olau. Roedd y batri wedi cael hoe erbyn hyn, ac wedi cael ychydig o'i nerth nôl. Aeth Sarjant Tomos i fyny'r grisiau, a rhoddodd ei law i mewn yn y twll i weld a oedd Wil wedi gadael rhywbeth ar ôl yno.

'Does dim gwahaniaeth os yw e,' meddai wrtho'i hun. Ond nid oedd Wil wedi gadael un sofren na dim arall ar ôl yn y twll. Gallai Tomos gyffwrdd â llawr y twll â'i fysedd, ac wedi chwilio'n fanwl, roedd yn siŵr nad oedd yno ddim ond llwch. Yna trawodd ei law yn erbyn darn o haearn rhydlyd wrth ochr y twll.

'Beth mae hwn yn 'i wneud fan hyn, 'sgwn i?'

Cydiodd yn y darn haearn a cheisiodd ei dynnu i fyny. Ni symudodd. Roedd ar fin gadael iddo pan feddyliodd am ei wasgu i lawr. Cyn gynted ag y gwnaeth hynny, fe'i teimlodd yn *rhoi*!

Yna digwyddodd llawer o bethau ar unwaith. Neidiodd y tri bachgen ar eu traed wrth glywed sŵn fel sŵn dirwyn olwynion o dan y grisiau, ac yn sydyn gwelsant ddarn sgwâr o olau gwan yn dod i'r golwg yn y wal.

'Be sy wedi digwydd?'

'Be sy 'na?'

Cododd y Sarjant ar ei draed.

'Rwy'i wedi cael gafael yn y ffordd i mewn i'r Plas o'r diwedd, fechgyn!'

Yna roedd llond y twnnel o olau llachar, ac yn y bwlch sgwâr yn y wal roedd dyn tal yn sefyll, a fflachlamp gref a phistol yn ei ddwylo.

'Wel, wel, wel. Dyma ni'n cwrdd eto, gyfeillion,' meddai'r dyn tal yn isel. 'Mae'n debyg eich bod chi wedi cael gormod o ryddid gen i. Down i ddim yn disgwyl eich gweld chi fan hyn, yn wir. Rŷch chi wedi teithio'n go bell o seler Dôl-nant, ac mae'n debyg eich bod chi wedi darganfod ffordd o Ddôl-nant i'r Plas – o dan y ddaear. Roedd Ifan wedi dweud, wir, fod 'na dwnnel yn rhywle . . . na, Sarjant! Peidiwch â symud, neu fe fydd rhaid defnyddio'r gwn bach ma.'

'Edrych yma, gyfaill,' meddai'r Sarjant, 'wn i ddim yn iawn pwy wyt ti; ond ryw ddiwrnod, rwy'n mynd i gael y pleser o dy roi di yn y carchar.'

Chwarddodd y dyn tal yn isel a daeth gam i mewn i'r seler.

'Felly wir, Sarjant Tomos Cwrcoed? Rwy'n ofni'ch bod chi'n eich twyllo'ch hunan. Erbyn bore fory, fydda i wedi mynd yn ddigon pell oddi yma – a'r trysor gen i, gobeithio. Mae Ifan wrthi nawr yn agor y seithfed gris o'r top.'

'Mae gennych chi nerf, yn torri i mewn i'r Plas fel hyn.'

'O, wn i ddim, Sarjant. Does dim eisie llawer o nerf, mae'r Doctor yn cysgu'n braf, druan – rhaid i chi gofio na chafodd e ddim cwsg o gwbwl neithiwr. Dim ond tair o fenywod a rhyw naw o blant sy 'ma wedyn, ac mae'r rheini'n cysgu'n braf hefyd. Fe fydd Ifan ar ben â'i waith yn fuan ac rwy'n teimlo'n siŵr y cawn ni'r trysor y tro hwn.'

'Na, chewch chi mo hwnnw beth bynnag!' meddai Wil Jones ar ei draws.

'O! Sut gwyddost ti hynny, was?'

Ar unwaith, sylweddolodd Wil ei fod wedi dweud gormod a theimlai fel cnoi'i dafod am fod mor fyrbwyll.

'Ateb!' meddai'r dyn tal yn ffyrnig, 'Sut gwyddost ti hynny?

Daeth gam bygythiol yn nes at Wil. Yna gwelodd y trysor ar lawr y twnnel. Agorodd ei lygaid led y pen.

'Y TRYSOR! Y TRYSOR! Y TRYSOR!' Ni chododd ei lais yn uwch na sibrwd a deuai pob gair yn araf o'i enau. Yna galwodd yn isel.

'Ifan, tyrd yma ar unwaith! Wel, gyfeillion, fe wnaethoch chi gymwynas fawr â mi. Ym mhle cawsoch chi e?'

Nid atebodd neb air. Mewn winc gwthiodd y dyn ei bistol i wyneb Wil Jones. Edrychodd Wil druan i mewn i'r twll bach crwn ym maril y pistol ac yna ar wyneb maleisus ei berchen.

'Ateb!'

Y Sarjant a atebodd serch hynny, ac nid Wil. 'Dan y seithfed gris!'

'A! Wyddwn i ddim am y grisiau yma wrth gwrs. Wel, wel, wel!'

Daeth ysgwyddau Ifan i'r golwg yn y bwlch yn y wal.

'Ifan, dyma ni! Fydd dim eisie i ni chwilio rhagor. Mae'r trysor fan hyn.'

'Yma!'

'Ydy, Ifan, mae e fan'co ar waelod y grisiau – dyma'r grisiau pwysig, wyt ti'n gweld.'

'Ond yr agoriad yma yn y wal! Wyddwn i ddim . . .'

'Na hidia nawr, Ifan. Fe eglura i'r cyfan eto. Nawr 'mechgyn gwyn i, dewch mas o fan'na, i Ifan gael lle i weithio.'

'Fel aelod o'r heddlu, rwy'n eich rhybuddio chi'ch dau . . .'

'Peidiwch â gwastraffu anadl ac amser, Sarjant. Allan o fan'na!'

Roedd y gwn yn pwyntio'n syth atynt, a gwyddent na fyddai'r dihiryn yn meddwl ddwywaith ynglŷn â'u saethu, yn enwedig nawr â'r trysor yn ei gyrraedd.

Aethant allan o'r twnnel, un ar ôl y llall, a dilynai golau'r fflachlamp hwy bob cam. Ar ôl mynd drwy'r agoriad yn y wal, gwelsant eu bod yn neuadd fawr Plasywernen. Nid oedd golau yn y neuadd ac eithrio golau'r lamp yn llaw'r dyn tal. I lawr yn y twnnel roedd Ifan yn casglu'r trysor wrth olau lamp arall.

'Draw fan'co yn erbyn y wal!'

Doedd wiw iddyn nhw anufuddhau i'r gorchymyn. Rhoddwyd y pedwar i sefyll yn erbyn y wal fel defaid. Am un funud wyllt meddyliodd Hywel roi sgrech i ddeffro pawb yn y Plas. Fel pe bai'n medru darllen ei feddwl, dywedodd y dyn tal,

'Dim siw na miw o'ch genau chi, cofiwch. Y cynta i agor ei geg fydd yn marw gynta. Rwy'i o ddifri, cofiwch. Does neb yn mynd i'n rhwystro ni rhag cael y trysor nawr, coeliwch fi. Dwy'i ddim am saethu'r un ohonoch chi, ond fydda i ddim yn petruso gwneud os y gwnewch chi rywbeth i'n rhwystro!'

Daeth Ifan i fyny o'r twnnel a dau gydaid o aur o dan ei gesail a dau arall yn ei ddwylo.

'Dos â nhw i'r car, Ifan, a dere'n ôl glou. Does dim munud i'w wastraffu. Mae pethau'n gweithio'n hyfryd iawn, ffrindie. Fe ddaethon ni â'r car yma heno'n barod i gario'r trysor i ffwrdd. Down i ddim yn gwybod bryd hynny y byddech chi'n help i mi ddod o hyd iddo.'

Siaradai'n isel drwy'r amser – rhyw sibrwd yn unig, ond swniai'n fwy dieflig na phe bai wedi gweiddi ar dop ei lais.

Yna, er syndod i'r pedwar, a oedd yn gwylio pob symudiad o'i eiddo, chwibanodd yn isel. Bu distawrwydd am ennyd, yna clywsant sŵn drws yn agor ar y llofft uwch eu pennau. Daeth rhywun i lawr dros y grisiau a phan ddaeth i mewn i gylch golau'r lamp, gwelodd Hywel a Wil eu hen elyn.

'Phil . . !' Dechreuodd Wil ddweud ei enw. Ond gwelodd lygaid y dyn tal yn fflachio a bu'n ddistaw.

'Na, 'machgen i, nid Phil Morgan, ond Peter Lloyd, neu Peter Llwyd os mynni di. Peter, mae'r trysor gyda ni!'

''Nhad!'

'Ydy! Fe fu'r pedwar yma'n ddigon caredig i'w

ddarganfod yn fy lle. Mae Ifan yn mynd ag e i'r car nawr, ac rwy'i am i ti ei helpu, i ni gael clirio o'r lle 'ma. Mae'r trysor i lawr fan 'co.'

Pwyntiodd at y twll yn y wal.

'Ond sut . . ?'

'Paid â holi nawr. Dyma Ifan yn dod yn ôl. Dos gydag e.'

Roedd Phil Morgan gynt – Peter Lloyd nawr – yn ei ddillad nos a'i slipers ond aeth yn ufudd gydag Ifan i lawr i'r twnnel. A thrwy'r amser roedd golau'r lamp greulon ar wynebau'r pedwar carcharor, a'r gwn bach yn pwyntio'n ddiwyro tuag atynt.

Cyn bo hir daeth Ifan yn ôl i'r neuadd, yn cario pedwar cydaid o aur. Ar ei ôl deuai Peter Lloyd a'r blwch gemau yn un llaw a chydaid o aur yn y llall.

'Beth wnân nhw â'r sofrins sy ar lawr y seler?' meddyliodd Hywel.

Roedd Ifan wedi cyrraedd y drws a Peter Lloyd wedi cyrraedd canol y llawr pan ddigwyddodd y peth! Fe rwygodd y god ledr bwdr a gariai'r bachgen a syrthiodd cawod o sofrins ar lawr y neuadd. Dyna glindarddach! Chwalodd y darnau aur crwn i bedwar cwr y neuadd gan rowlio a thincial fel clychau bychain. Roedd y dyn tal yn gynddeiriog.

'Peter, dos â'r blwch 'na i'r car ar unwaith, a phaid â dod 'nôl. Dwed wrth Ifan am gychwyn y modur.'

Aeth y bachgen, Peter, drwy'r drws. Erbyn hyn roedd sŵn cyffro ar y llofft. Rhaid bod mwstwr y sofrins yn cwympo wedi deffro pawb.

'O'r gore, gyfeillion, fe fydd rhaid i mi adael rhan o'r trysor ar ôl i chi wedi'r cyfan. Nawr gwrandewch. Os daw rhywun allan drwy'r drws yna cyn i ni gychwyn, fe fydd yn cael ei saethu'n gelain!'

Taflodd un olwg wancus ar yr aur ar y llawr, yna aeth lwyr ei gefn drwy'r drws. Roedd sŵn traed ar y landin pan gaeodd y drws yn glep ar ei ôl.

Pennod 9

Neidiodd y Sarjant at fotwm y golau ac ar unwaith roedd
pedwar bwlb trydan yn goleuo'r neuadd. Yna daeth saith
neu wyth o'r bechgyn i lawr dros y grisiau a Doctor Puw
ar eu holau; ac yn olaf Miss Jones y Metron. Edrychodd
pawb mewn syndod ar y pedwar hagr a bawlyd ar lawr y
neuadd. Roedd wynebau Hywel a Wil mor ddu'n wir fel
na allai'r Doctor na neb eu hadnabod am funud. Ond fe
adnabu'r Sarjant.

'Sarjant Tomos? Beth yn y byd . . ?'

Yna gwelodd yr aur ar hyd y llawr i gyd, a
phwyntiodd – â'i geg ar agor. Yna roedd y Sarjant yn
siarad yn gyflym.

'Does dim amser i egluro dim, Doctor. Y ffôn – ar
unwaith!'

Agorodd y Doctor ddrws ei swyddfa ac aeth Sarjant
Tomos i mewn. Trodd y Doctor ei gefn ar y drws.

'Wel nawr 'te, pwy . . ?'

Edrychodd yn graff trwy ei sbectol ar y bechgyn,
'WILIAM JONES! HYWEL IFANS! Gwarchod y byd!
O diolch byth eich bod chi'n ddiogel! Ond beth sy wedi
digwydd? A ble'r ŷch chi wedi bod? A . . . a . . . a phwy
yw hwn?'

Atebodd Wil Jones ei gwestiwn olaf yn gyntaf.

'Phil Morgan yw hwn, syr.'

'Phil Morgan! B . . . byb . . . be! Nawr, Wiliam
Jones . . !'

'Ie, syr, dyma'r Phil Morgan iawn. Twyll oedd y Phil Morgan arall – bachgen a anfonwyd yma i helpu'r lladron i ddwyn y trysor . . .'

Cyn iddo gael amser i fynd ymhellach syrthiodd Phil Morgan i'r llawr a gorweddodd yno'n llonydd, a'i wyneb yn welw o dan y llwch a'r baw. Roedd eisiau bwyd a diffyg awyr yn y twnnel, a'r holl helyntion wedi bod yn ormod iddo. Teimlai Hywel hefyd yn wan a phenysgafn, a chwarae teg i'r Doctor, fe welod beth oedd ei eisiau ar y tri. Roedd y ddwy weinyddes wedi dod i lawr o'r llofft erbyn hyn, a gorchmynnodd y Doctor iddynt fynd i baratoi bwyd i bedwar ar unwaith. Aeth Miss Jones y Metron â nhw i'r gegin.

'Eisteddwch fan hyn,' meddai'r Doctor yn garedig wrth Wil a Hywel, gan bwyntio at y soffa. Roedd y ddau'n falch o'r cyfle. Cydiodd y Doctor yn Phil Morgan a'i godi'n dyner a gofalus i gadair esmwyth. Roedd y bechgyn eraill yn brysur yn codi sofrins o'r llawr, ac wrth eu gweld dywedodd y Doctor:

'Mae'n debyg fod trysor Plasywernen wedi'i ddarganfod o'r diwedd?'

'Ydy, syr,' meddai Wil Jones.

'Ym mhle'r oedd e?'

'Lawr fan'co,' meddai Wil, gan bwyntio. Edrychodd y Doctor a gwelodd, am y tro cyntaf yr agoriad yn y wal.

'Gwarchod y byd! Ydw i ar ddi-hun, dwedwch?'

Ar y gair daeth hen ŵr tal ac urddasol yr olwg i lawr yn araf dros y grisiau. Edrychodd pawb arno'n dod o gam i gam, nes cyrraedd y llawr.

'Beth sy'n digwydd yma, Doctor? Oes rhagor o helynt wedi bod?'

'Syr Watcyn! Mae'r trysor wedi'i ddarganfod!' Ymsythodd yr hen ŵr.

'Trysor Plasywernen?'

Nodiodd y Doctor. Edrychodd Syr Watcyn o amgylch y neuadd olau.

'O'r diwedd! O'r diwedd!' A phwysodd am funud ar fraich y Doctor.

Daeth un o'r bechgyn a dyrnaid o sofrins i'w dangos i'r Doctor. Cydiodd yr hen ŵr yn un ohonynt ac edrychodd yn graff arni.

'Ie, trysor Plasywernen, Doctor! Ond fe ddaeth yn rhy ddiweddar . . .'

Yna daeth y Sarjant allan o'r swyddfa.

'Fe fydd rhaid i mi gael car ar unwaith, Doctor.'

'Ond, Sarjant, beth sy wedi digwydd? Pam mae'r holl aur 'ma ar y llawr? A beth yw'r agoriad 'co yn y wal? A beth ŷch chi'n mofyn â char?'

'Maddeuwch i mi, Doctor. Does gen i ddim amser . . . ond . . . os ca i rywbeth i'w fwyta . . . fe fydd rhaid i mi gael rhywbeth . . . wel, mi eglura i wrth fwyta.'

'Dewch i'r gegin. Dewch, fechgyn.'

Arweiniodd y Doctor y ffordd tua'r gegin. Roedd Phil Morgan wedi dod ato'i hun, a chyda help Wil aeth gyda hwy tua'r gegin. Yno roedd bwyd yn barod ac eisteddodd y pedwar i lawr yn ddiolchgar wrth y bwrdd. O dyna fara menyn ffein! A dyna de twym hyfryd! A dyna gig oer blasus! Wrth fwyta dywedodd y Sarjant yr hanes wrth y lleill.

* * *

111

'. . . Wel, dyna ddigon o'r stori i chi ddeall beth sy wedi digwydd. Does dim amser i ddweud y cyfan, gan fod rhaid mynd ar ôl y dihirod 'na ar unwaith. Gyda llaw, a ga i ofyn pwy yw'r gŵr bonheddig yma?' gan bwyntio at Syr Watcyn.

'O, mae'n ddrwg gen i, Sarjant,' meddai'r Doctor, 'anghofiais eich cyflwyno chi. Dyma Syr Watcyn Llwyd. Pan ddwedsoch chi eich bod chi'n siŵr mai rhywrai oedd ar ôl y trysor, meddyliais y dylwn i roi gwybod i Syr Watcyn, ac fe ddaeth i fyny yma ar unwaith, chwarae teg iddo, ac fe arhosodd yma dros nos. Fel y digwyddodd pethau mae'n dda ei fod e wedi dod. Ond Sarjant, pwy yw'r dynion 'na sy wedi dwyn y rhan fwya o'r trysor?'

Gwthiodd Wil Jones ei big i mewn.

'Fe ddwedodd ei fod yn perthyn i chi, Syr . . . Syr Watcyn . . . syr.' (Nid oedd Wil wedi siarad â Syr o'r blaen, ac ni wyddai'n iawn sut i'w gyfarch.)

'Yn perthyn i mi?'

'Dyna ddwedodd e, syr – Syr Watcyn, syr. Ac fe ddwedodd mai fe oedd dafad ddu'r teulu . . .'

'Yn wir?' Gwenodd yr hen ŵr.

'Rwy'n ofni fod 'na lawer o ddefaid duon yn llinach y Llwydiaid . . .'

'Mae gen i syniad!' meddai'r Sarjant ar ei draws. 'Ffoniais Elen fy ngwraig gynnau – roedd hi ar lawr, druan, ac yn falch o ddeall ein bod ni'n fyw ac yn iach; ac mae ar ei ffordd yma nawr â llun bach a dynnais i bore ddoe yn y coed y tu allan i'r Plas 'ma. Wyddoch chi, mae llun drwgweithredwr yn gwbwl bwysig i'r Polîs; dyna pam y tynnais i hwn. Ŷch chi'n gweld, o gael llun, fe ellir ei yrru i bob gorsaf heddlu yn y wlad ac i'r papurau dyddiol, ac yna, siawns y gall y drwgweith-redwr ddianc. Ond mae'n bosib, wedi meddwl, y gallwch chi, Syr Watcyn ein helpu. Falle y byddwch chi'n 'nabod y dyn 'ma yn y llun, gan iddo ddwued ei fod yn perthyn i chi, ac falle y gellwch ddwued wrthon ni ble i chwilio amdano. Ŷch chi'n gweld, wyddon ni ddim nawr i ba gyfeiriad ma'n nhw wedi mynd.'

'O, gyda llaw, fechgyn,' meddai'r Doctor, 'mae'ch tadau chi yma hefyd. Ma'n nhw allan yn rhywle yn chwilio amdanoch chi nawr, gyda Chwnstabl Williams Pant-teg. Y newydd diwetha ges i amdanyn nhw oedd eu bod nhw'n chwilio glannau'r afon rhag ofn eich bod chi wedi llithro i mewn yn rhywle. Fe fydd rhaid rhoi gwybod iddyn nhw ar unwaith eich bod chi'n ddiogel . . .'

Ar y gair clywsant sŵn car yn dod i fyny'r lôn at y Plas. Yna clywsant leisiau yn y neuadd ac aeth y Doctor i weld pwy oedd yno.

'O,' meddai o'r drws, 'dyma nhw wedi dod; ac mae Elen eich gwraig gyda nhw, Tomos!' Yna gwaeddodd, 'Mae popeth yn iawn! Mae pawb yn ddiogel, dewch i mewn fan hyn!'

Rhedodd Elen Tomos i freichiau ei gŵr.

'O!' meddai, a rhoddodd gusan iddo ar ei wyneb bawlyd.

'Hywel!'

'Wil!'

O, dyna lawenydd â dau fab a dau dad yn cofleidio ar lawr y gegin. Wedyn, wrth gwrs, fe fu rhaid iddynt adrodd yr hanes drachefn.

*　　*　　*

'Ydy'r llun gen ti, Elen?' gofynnodd y Sarjant o'r diwedd. 'Dyma fe,' meddai Elen gan ei dynnu o'i phoced, 'mae e'n llun go lew.'

'Nawr, Syr Watcyn, fyddwch chi cystal ag edrych ar hwn i weld a ydych yn 'nabod un o'r rhain?'

Tynnodd yr hen ŵr ei sbectol o'i boced ac edrychodd yn graff ar y llun.

'Caton Pawb! Y dihiryn!'

'Ŷch chi'n 'i 'nabod e?'

'Ddalia i 'mod i, gwlei! Dyma un o'r defaid duaf a fu mewn byd erioed! Ac mae e'n perthyn o bell i'r Llwydiaid – o bell iawn – ond yn rhy agos hefyd! Herbert Llwyd yw hwn – fe fu mewn carchar am dair blynedd am ddwyn gemau'r Fonesig Margaret Hope. Ŷch chi'n cofio'r helynt, Sarjant? Mae wedi gwneud llawer mwy o ddrygioni na hynny wrth gwrs . . .'

'Wyddoch chi ym mhle mae e'n byw?'

'Mi wn i ble'r *oedd* e'n byw. Mewn rhyw fath o siop hen bethau yn Earl Street yn Abertawe. Wrth gwrs esgus siop oedd hi. Mi wn i na fu llawer o onestrwydd ynddi erioed.'

'Diolch, Syr Watcyn,' meddai'r Sarjant, 'gadewch i ni fynd. Mae lleidr fynycha'n mynd adre i glwydo – dyna'i wendid e; a chan nad oes gennym un cliw arall i'n helpu, rhaid i ni ddilyn hwn.'

'Mae 'nghar i at eich gwasanaeth chi, Tomos, er nad oes gen i'r un *chauffeur* i'w gynnig i chi nawr.'

'Diolch, Doctor.'

'Rwy'i am ddod gyda chi, Sarjant,' meddai tad Hywel, 'fe garwn i gael cyfle i gwrdd â'r bechgyn 'ma sy wedi achosi'r fath ofid i ni i gyd.'

114

'A finne hefyd,' meddai tad Wil Jones. Edrychodd y Sarjant ar y ddau.

'O'r gore, byddaf yn falch o'ch cwmni chi. Fedrwch chi, Cwnstabl Williams ddim dod oherwydd fe fydd eich eisie chi i edrych ar ôl pethau yma.'

'Sarjant, gawn ni ddod?'

Trodd Tomos i edrych yn syn ar Wil Jones.

'Chi?'

'Ie, Hywel a fi,' meddai Wil.

'Dŷch chi ddim wedi cael digon am un noswaith?'

'Wel,' meddai Hywel, 'fe fu Wil a finne gyda chi o'r dechrau yn yr helynt 'ma, Sarjant Tomos, ac fe garen ni weld y diwedd.'

Gwenodd y Sarjant, ond roedd gwg ar wyneb Doctor Puw.

'Yn y gwely mae'u lle nhw ers oriau, Sarjant.'

'Gadewch iddyn nhw ddod os yw'r ddau dad yn fodlon. Fe fyddwn i'n ei theimlo'n od ar y cês 'ma hebddyn nhw nawr.'

Ac felly y bu. Ymhen rhai munudau roedd car mawr Plasywernen yn gwibio yn gyflym drwy'r tywyllwch i gyfeiriad Abertawe. Tad Hywel oedd yn gyrru. Yn ei ymyl, ar y sedd flaen, eisteddai Hywel a Wil, ac yn y sedd ôl roedd y Sarjant a thad Wil.

*   *   *

'Hei, Hywel!'

'Hei! Hywel! Hywel, bachan!'

Dihunodd Hywel yn wyllt. Roedd y car yn mynd yn gyflym ac yn ddistaw. Edrychodd o'i amgylch a gwelodd ei dad wrth olwyn y car, a'r ochr arall iddo roedd Wil, yn cysgu fel mochyn.

'Cael napyn bach, Hywel?' gofynnodd ei dad gan wenu. 'Dacw Abertawe o'n blaen. Gwell i ti ddihuno dy gyfaill. Fe fyddwn ni 'na 'mhen pum munud.' Rhoddodd Hywel hergwd i Wil a dihunodd hwnnw'n ddihwyl.

'O'r gore, o'r gore! Ydy brecwast yn barod?'

Chwarddodd pawb. Roedd hi'n nos dywyll o hyd, ond roedd goleuadau Abertawe ynghynn, serch hynny.

Daeth y car i ganol y dref. Ar y sgwâr yno gwelsant blismon cysglyd, a rhoddodd Sarjant Tomos ei ben allan drwy'r ffenestr.

'Earl Street?'

Daeth y plismon atynt gan edrych yn ddrwgdybus.

'Earl Street,' meddai, 'pwy sy'n gofyn am Earl Street yr amser yma o'r nos?'

Aeth Sarjant Tomos allan o'r car, a bu'r ddau blismon yn siarad â'i gilydd yn isel am funud neu ddwy. Pan ddaeth Tomos yn ôl i'r car roedd yn gwybod y ffordd.

'Ewch i lawr i'r dde fan hyn, i gyfeiriad y docs. Rhyw stryd go beryglus yw Earl Street mae'n debyg.'

Aeth y car mawr yn ei flaen.

'Trowch fan hyn. Nawr, gwyliwch am enwau'r strydoedd, fechgyn.'

Yn araf iawn y trafaeliai'r car yn awr.

''Co hi!' gwaeddodd Hywel, 'Earl Street – ar y wal fan draw!'

Roedd e'n iawn. Gwelsant enau stryd fudr a thywyll.

'Gadewch y car fan hyn,' meddai Sarjant Tomos.

Daeth y pump allan o'r car a cherdded i lawr y stryd. Roedd sŵn eu traed yn atsain yn y distawrwydd, ac nid oedd enaid byw yn cerdded Earl Street ond hwy. Teimlodd Hywel ias o ofn wrth fynd heibio i'r ffenestri tywyll a'r drysau clo.

'Dyma ni!' sibrydodd y Sarjant. Edrychodd pawb i fyny a gwelsant yng ngolau pell y lamp ymhen ucha'r stryd ysgrifen bras uwchben y ffenestr.

'HERBERT LLOYD & SON, ANTIQUE DEALERS.'

Trodd Dafydd Ifans fwlyn y drws yn ofalus ond roedd yng nglo.

'Rownd i'r cefn, fechgyn,' meddai'r Sarjant a dilynodd y lleill ef trwy lôn fach gul rhwng y siop a'r tŷ nesaf ati. Roedd y lôn mor dywyll â'r fagddu.

'Ow!' meddai llais Wil Jones o'r tywyllwch.

'Be sy?' sibrydodd dau neu dri gyda'i gilydd.

'Rwy'i wedi taro yn erbyn rhywbeth! Car yw e! Ie, car – ac mae'r injin yn dwym!'

'Ha! Ma'n nhw yma felly,' sibrydodd y Sarjant. Cerddodd ymlaen gyda'r wal.

'Hei,' meddai'n isel, 'dewch fan hyn. Mae yma ddrws yn y wal, ac mae e ar agor!'

Aeth y lleill ar ei ôl drwy'r drws bach, a chawsant eu hunain mewn cwrt bychan, ac o'u blaenau roedd ffenestr fawlyd a golau gwan yn dod drwyddi. Aethant ymlaen ar flaenau eu traed at y golau. Nid oedd llen o fath yn y byd ar y ffenestr, a thrwyddi gwelent ystafell fach gul a bwrdd ar ei chanol. O amgylch y bwrdd roedd y dyn tal, Ifan y *chauffeur* a Peter Lloyd. Ar y llawr yn ymyl y bwrdd roedd tri bag lledr mawr.

Roedd y ffenestr yn gilagored, a chlywodd y pump oedd yn gwylio lais y dyn tal yn dweud yn glir:

'Dyna ni 'te. Mae'r trefniadau wedi'u gwneud. Nawr

117

gore po gynta i ni fynd i'r llong. Dwy'i ddim yn meddwl y daw neb yma heno, ond gwell bod yn ofalus. Rhaid i ni beidio cael ein dal nawr – wedi cael y trysor. Fe ddylai'r *Gipsy Queen* fod y tu allan i'r harbwr erbyn toriad dydd. Nawr 'te, fedri di, Peter, ddim cario un o'r rhain – maen nhw'n rhy drwm – felly fe fydd rhaid i Ifan ddod yn ôl tra bydda i'n cychwyn y car. Aros di yma nes daw e'n ôl. Nawr 'te, Ifan, bant â hi!'

Cydiodd Ifan ac yntau bob un mewn bag ac aethant am y drws.

'Ar unwaith, fechgyn,' sibrydodd y Sarjant, 'mas at y car. Hywel a Wil, arhoswch chi fan hyn i ofalu am y crwt 'na. Pan fyddwn ni wedi dal y ddau arall, ewch i mewn i'w mofyn.'

Ciliodd y tri dyn ar draws y cwrt i gyfeiriad y car a'r lôn fach.

'Nawr,' meddai'r Sarjant wrth y ddau arall, 'Ifan yw'r perygl. Mae e'n anifeilaidd o gryf. Fedrwch chi'ch dau 'i daclo fe?'

'Fe wnawn ein gore,' meddai Dafydd Ifans.

'Fe setla i'r llall. Nawr, byddwch yn ofalus, mae gwn gan y ddau rwy'n siŵr. Ust! Ma'n nhw'n dod.'

Ciliodd Hywel a Wil yn ôl i'r cysgodion a gwelsant y ddau ddihiryn yn mynd heibio i gyfeiriad y car. Yna clustfeiniodd y ddau am sŵn ymladd yn y gwyll. Ni bu rhaid aros ond eiliad. Pan oedd y dyn tal o fewn pumllath i'r car, gwelodd gysgod mawr du yn symud o'i flaen.

'Be. . ?'

Ni chafodd amser i ddweud rhagor. Roedd dwrn y Sarjant – ac roedd yn ddwrn nerthol – wedi disgyn ar flaen ei ên. Syrthiodd i'r llawr fel sach o fflŵr. A'r funud honno rhedodd y ddau arall at Ifan. Ond roedd Ifan, fel y dywedodd y Sarjant, yn fwy o goflaid. Gadawodd y bag trwm o'i law a dechreuodd chwifio'i ddyrnau o gwmpas. Syrthiodd tad Wil wedi un o'i ergydion a gorweddodd ar lawr y cwrt yn ddiymadferth. Yna aeth yn frwydr chwerw rhwng Ifan a Dafydd Ifans. Ni ddywedodd Ifan air, gwyddai y byddai hynny'n debyg o dynnu eraill i'r fan, ac ni fynnai hynny. Felly nid oedd dim i'w glywed yn y tywyllwch ond sŵn anadlu trwm a sŵn ambell ergyd yn disgyn fel gordd. Yna, roedd y Sarjant yn y frwydr hefyd! Pe gwelai Ifans y Siop ef nawr fe agorai ei lygaid led y pen. Nid oedd dim yn debyg i ddafad ynddo wrth ymosod ar Ifan. Roedd yn chwimwth a pheryglus fel y dysgodd Ifan pan ddisgynnodd dwrn y Sarjant rhwng ei ddau lygad. Gwelodd fil o sêr yn gwau o'i flaen a safodd yn stond am eiliad. Yr eiliad nesaf roedd dwrn y Sarjant yn ei stumog.

'Y!' meddai Ifan, a syrthiodd ar ei wyneb. Yna roedd cylch dur yn dynn am ei arddyrnau a gwyddai ei bod ar ben arno.

Aeth Hywel a Wil i mewn yn ddistaw drwy'r drws, i'r ystafell lle'r oedd Peter Lloyd. Roedd hwnnw'n plygu uwchhen y bag mawr lledr ar y llawr ac ni welodd y ddau'n dod i mewn. Nesaodd y ddau ato o gam i gam. Yna cododd y bachgen ei ben. Agorodd ei geg fel 'O' fawr pan welodd pwy oedd yno.

'NA!' Roedd ei lais yn llawn dychryn, 'Gadewch fi'n llonydd!'

'Does neb wedi cyffwrdd â thi 'to, was. Ond myn brain i, paid chwarae dim o dy driciau, neu fe gei di dipyn o'r hen gownt yna sy arna i i ti,' bygythiodd Wil.

'Sut gwyddech chi . . . sut daethoch chi 'ma?' gofynnodd Peter Lloyd.

'Sarjant Tomos,' meddai Wil.

'Sarjant Tomos!'

'Ie, 'machgen i, does dim eisie iti synnu. Falle dy fod di, fel llawer eraill, wedi credu mai hen ffŵl oedd e. Trueni na faset ti wedi'i weld e'n dod i ben â Ifan a dy . . .'

'Ydy Ifan a 'Nhad wedi'u dal?'

Camodd Peter Lloyd nôl, ac aeth Wil a Hywel ar ei ôl.

'Dere, boi,' meddai Wil, 'mae'r cwbwl ar ben. Fe gawsoch chi dipyn o raff ond . . .'

Ni orffennodd Wil y frawddeg oherwydd roedd Peter Lloyd wedi rhoi naid am y drws y tu cefn iddo. Roedd yn troi'r bwlyn pan ddisgynnodd Wil Jones ar ei gefn. Aeth y ddau i'r llawr yn bendramwnwgl. Gwingai Peter Lloyd fel neidr gan gicio a chrafu, ond roedd Wil Jones yn rhy gryf iddo. Cyn pen fawr o amser roedd wedi'i ddal fel mewn feis. 'Nawr dere'n dawel os wyt ti'n gall.'

Cydiodd Hywel yn un fraich a chydiodd Wil yn y llall, ac aethant ag ef allan drwy'r drws i'r cwrt. Roedd digon o olau yn y cwrt a'r lôn fach erbyn hyn, oherwydd roedd yno dri phlismon braf, heblaw Sarjant Tomos, a fflachlamp olau yn llaw pob un. Ac roedd Ifan a'r dyn tal yn ddigon diogel a digon llonydd rhwng dau ohonynt. Rhoddwyd Peter Lloyd yng ngofal y trydydd.

'O'r gore, Pierce,' meddai Sarjant Tomos wrth y talaf o'r tri phlismon. 'Chi pia nhw nawr.'

Nodiodd y plismon.

'Reit, Sarjant; a gwell i chi 'i gwân hi am Gwrcoed. Ŷch chi i gyd wedi ennill wyth awr o gwsg o leia.'

'Sarjant Tomos!' meddai'r dyn tal yn sydyn, 'Sut

daethoch chi o hyd i Earl Street a'r lle 'ma? Lwc mae'n debyg,'i meddai'n wawdlyd.

'Na, nid lwc yn hollol, gyfaill. Fe dynnais i'ch llun chi yng nghoed y Plas ac roedd Syr Watcyn Llwyd yn eich 'nabod.'

'Y cythraul! Y cythraul!' chwyrnodd y dyn tal gan geisio ymysgwyd o afael y plismyn.

'Dewch, Lloyd,' meddai Plismon Pierce, 'mae'r chwarae wedi dod i ben. Wel, gyfeillion, nos da i chi i gyd.'

Aeth y plismyn a'r tri charcharor i lawr y stryd, ac aeth y lleill, a'r bagiau lledr gyda hwy, yn ôl at hen gar Plasywernen.

Roedd y wawr yn torri dros Abertawe pan gychwynasant tua thre.

*   *   *

Hanner awr wedi saith nos Lun.

Yn swyddfa Doctor Puw ym Mhlasywernen eisteddai Sarjant Tomos, Syr Watcyn Llwyd, Wil a'i dad, Hywel a'i dad a'r Doctor ei hunan. Roedd gwedd newydd ar Wil erbyn hyn. Bu'r ddau yn y gwely drwy'r dydd yn cysgu'n braf, ac roedd bàth, a swper anferth ar ôl dihuno, wedi gwneud byd o les iddyn nhw. Ar y bwrdd o'u blaenau roedd trysor Plasywernen. Dyna olygfa! O dan y golau trydan cryf fflachiai'r gemau fel sêr, ac ni allai neb yno gadw'i lygaid oddi arnyn nhw. Yn ei hymyl roedd y pentwr mawr o aur – aur a fu'n guddiedig dan risiau'r twnnel am gymaint o flynyddoedd. Fflachiai llygaid yr hen Syr Watcyn wrth edrych ar y cyfoeth. Hwyrach ei

121

fod yn meddwl ac yn cofio am yr holl chwilio a fu ac am yr holl ymdrechion ofer i ddod o hyd i'r trysor. Gwenai'r Doctor ar bawb ac edrychai Sarjant Tomos unwaith eto'n debyg i ddafad.

Y Doctor oedd y cyntaf i siarad.

'Wel, gyfeillion, dyma'r helynt ar ben. I chi, Syr Watcyn, dyma ddiwedd hapus iawn i'r stori. Dyma chi unwaith eto yn berchen ar gyfoeth eich teulu. Na, na, peidiwch â dechrau amau. I chi, fel etifedd naturiol yr hen Syr Gwallter y mae'r trysor yn troi. Pe bai angen fe allech ei hawlio mewn llys barn. Ond fydd dim angen am hynny. Beth ŷch chi'n mynd i'w wneud â'r holl gyfoeth?'

Gwenodd y Doctor wrth ofyn y cwestiwn. Edrychodd Syr Watcyn i fyw llygad Doctor Puw cyn ateb, a bu ysbaid o dawelwch yn y swyddfa. Yna atebodd, a synnodd bawb.

'Prynu Plasywernen!'

'Ond . . !' Ni allai Doctor Puw fynd ymhellach.

'Ie,' meddai Sir Watcyn, 'prynu Plasywernen yn ôl. Ond yn gynta rwy'n bwriadu adeiladu ysgol newydd sbon ar dir y Plas. Yr ysgol harddaf yn y wlad fydd hi, gyda Champfa fawr newydd, ystafelloedd eang, llyfrgell yn llawn o'r llyfrau gorau ac yn y blaen. Rwy'n siŵr y byddwch chi, Doctor, yn fodlon rhoi i mewn i hen ŵr yn hyn o beth. Ŷch chi'n gweld, dyna'r peth caleta wnes i erioed oedd gwerthu Plasywernen ac rwy'n fodlon gwario'r cyfan sydd o 'mlaen i fan hyn i'w gael yn ôl i'r teulu. Beth amdani, Doctor?'

'Wel, Syr Watcyn, mae'r cynnig yn un da iawn, ac os ŷch chi'n fodlon adeiladu ysgol newydd i ni, yna fe gewch chi'r Plas yn ôl â chroeso.'

Cododd yr hen Syr Watcyn ar ei draed a rhedodd deigryn gloyw – bron mor loyw â'r gemau bach ar y bwrdd – i lawr ei farf. Estynnodd ei law a chydiodd y Doctor yn dynn ynddi. Yna trodd yr hen ŵr talsyth at y lleill.

'Gyfeillion,' meddai, 'fi yw'r dyn hapusa yng Nghymru heno. Ac mae arna i ddyled fawr i bob un ohonoch chi, yn enwedig i'r ddau fachgen yma, ac i chi, Sarjant Tomos. Oni bai amdanoch chi'ch tri mae'n siŵr gen i na fase trysor Plasywernen byth wedi dod i glawr. Rydych wedi ymddwyn yn ddewr iawn eich tri, wedi wynebu llawer iawn o beryglon ac wedi dioddef llawer hefyd. Nawr, fydda i ddim yn anghofio'r hyn wnaethoch chi dros Lwydiaid Plasywernen . . .'

'Twt, Syr Watcyn,' meddai Sarjant Tomos, 'wnes i ddim ond fy nyletswydd, ond fel y dwedsoch chi, mae'r ddau fachgen 'ma'n haeddu clod . . .'

Yna canodd cloch y ffôn yn uchel yn yr ystafell. Aeth y Doctor i'w ateb.

'Hylo. Ie. Ydy, mae e 'ma.'

Rhoddodd y Doctor ei law ar enau'r ffôn a throdd at Sarjant Tomos.

'Mrs Williams y Post. Mae hi eisie gwybod a ydych chi wedi dal y rhai fu'n dwyn y 'fale coch cynnar!'

Edrychodd pawb ar y Sarjant a gwenodd hwnnw o glust i glust.

'Does dim heddwch i blismon oes e? Wel, mae'n well i mi fynd neu fe fydd Mrs Williams yn siŵr o hala achwyniad i r Aelod Seneddol.'

Cododd Sarjant Tomos i fynd, ac aeth Wil a Hywel

allan gydag ef i'r neuadd fawr. Yno roedd y bechgyn eraill yn siarad am y digwyddiadau rhyfedd ym Mhlasywernen, a'r cyntaf i ddod ymlaen at Wil a Hywel i siglo llaw â hwy ac i'w llongyfarch ar eu dewrder oedd Twm Preis o Ferthyr.